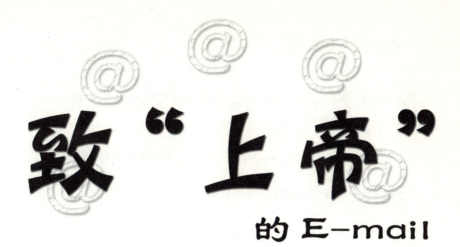

# 致"上帝"

## 的 E-mail

徐闻帮 著

团结出版社

图书在版编目（CIP）数据

致"上帝"的E-mail / 徐闻帮著. -- 北京 : 团结出版社，2012.1
ISBN 978-7-5126-0751-4

Ⅰ. ①致… Ⅱ. ①徐… Ⅲ. ①个人－修养－通俗读物 Ⅳ. ①B825-49

中国版本图书馆CIP数据核字(2011)第277305号

出　版：团结出版社
　　　　（北京市东城区东皇城根南街84号　邮编：100006）
电　话：（010）65228880　65244790
网　址：http://www.tjpress.com
E-mail：65244790@163.com
经　销：全国新华书店
印　装：三河市东方印刷有限公司

开　本：170X240毫米　　1/16
印　张：7.25
字　数：112千字
版　次：2012年1月　第1版
印　次：2012年1月　第1次印刷

书　号：978-7-5126-0751-4/B・148
定　价：28.00元

# 序　言

　　徐闻帮不仅传承了先贤的治学作风，而且预支了来哲的恢弘气概。他的名字意味着一种感觉和观察方式的变革，更意味着追求奋发努力精神的始终如一。他具有不可思议的体力和精神活力，神鬼人妖、佛儒耶道，互不相干而且生涩的世间万汇在他笔下历历在目、呼之欲出。他把世界的底牌一张张掀启摊开，让我们的头脑比任何时候都更清醒，我们的力量比任何时候都更充沛，我们的行为比任何时候都更理智。

　　《致"上帝"的E-mail》是人生的赞歌和自由的呐喊。它将爱恨喜怒融为一体，诗文曲赋糅于一管；思接千载、视通万里；放浪有致、游刃有余。希乾坤之隽永，盼世界之康宁；语言刚柔相济、仪态万方；有闭月羞花之艳，有沉鱼落雁之丽；有箪食壶浆之朴、有笠翁垂钓之奇。恨可激人扛鼎，爱能催人泪下；既是诗人的楷模，又是哲人的明镜。许多人需要名，许多人需要利，更多的人需要提升灵魂。

　　百回千转寻不得，蓦然回首映太真；铅华霓虹已脱尽，十方世界现全身。

摩西于香港

2011 年 10 月 1 日

1

# 天地人生的终极追问

《致"上帝"的E-mail》是一部颇具震撼力的大散文。作者穷经览史，察时观世，力申古今，凡有幸诵读其作品的读者，无不惊叹它内涵丰富，是一篇竭心"究天人之际，通古今之变"的惊世力作。

20世纪60年代，徐闻帮出生于河南禹州一个书香门第，自幼受中国传统文化熏陶，在30年的文化实践中，他深入挖掘了中西文化历久弥新的智慧活泉，不仅将中国传统文化融于脑海，更将西方贤哲的智慧纳于胸中。"大知在所不虑"，我们的时代并不缺少人才，缺少的是真正能以勇气、耐心及远见卓识、坚持学术、保持知识分子独立风骨的思想者，徐闻帮就是有志于"为天地立心，为生民立命"的思想者。他身上有一种如虹的气势，有一种独特的人格魅力，能不断地激励和鞭策你。良知为心，责任铸身，纵使荆棘铺满求索之路，亦不离不弃，无怨无悔。

2008年春，我应邀到南京大学授课，有幸拜读了徐闻帮的著作《千年易运》。我身为大学教授，在紧张的讲课空闲之时，经常去书店看书、选书、买书。我常常感叹，当下真正振聋发聩、醍醐灌顶之作确实凤毛麟角，但万万没有想到的是，这本书一下子吸引了我，以至于我通宵达旦，手不释卷。它满足了我对一本好书评判的"三有标准"：一有思想，二有知识，三有现实意义。2009年春，当我阅读《致"上帝"的E-mail》时，耳边响起了黑格尔的声音："一个民族，要有一些关注天空的人，他们才有希望；一个民族，只是关注脚下的事情，那是没有未来的。"我确认，徐闻帮真正是一个"关注天空的人"。

人类进入21世纪以后，科技飞速发展，社会也随之变化。对于过去留下的一切，人们都在进行重新反思。徐闻帮以一个现代人的口吻给"上帝"发 E-mail，把地球人的浮躁、问题和困惑向上帝倾诉。既有经典的议论，又有大白话似的感悟。把《心经》作为藏头诗，写进 194 段文句句首，运用易经和训诂解构文化；对追星和网络的弊端进行批评，用儒家的仁、义、礼、智、信解构书法；把面相、中医、心理交叉结合运用，对时弊进行抨击；将生理疾病和社会风尚结合分析，将吸毒者的感觉和危害细致描述；把《易经》经典理论置换成现代文，将人类破坏环境的后果展示出来；对现代人的急功近利进行了绝妙的讽刺，以散文诗及连续的排比句式给现代人的忧郁、沮丧、得意忘形、见利忘义、飞扬跋扈当头棒喝，将天地宇宙、人文百端打碎撞击，以幽默的语言、宏大的气魄娓娓道来。仿佛历经沧桑的老人跟你谈古论今，又仿佛他乡遇到的故知与你叙旧攀道。如果说，宇宙的浩渺和神秘让我们敬畏，那么，徐闻帮的气魄和智慧则让我们感到有了洞察宇宙的可能。

有人形容肖邦的音乐是藏在鲜花里的一门大炮，徐闻帮的作品则像阿拉伯飞毯。热了能遮阳，冷了能御寒；你想"周游六虚"，它能载你到各个时空漫游，又不会因为压差的变化而晕眩。徐闻帮是一位文化魔术师，他能用极其浅显的语言表达深刻的思想；能在近距离变换各种文学魔法，让你领略文学的魔力。阅读他的作品，就是让他给我们进行精神洗礼和灵魂按摩；我们感到人生是天地之间最有意义的事情，任何神怪幽幻都被抛到脑后。

为了深入探究徐闻帮的心路历程，我曾经与他有过几次长谈。我问他："您的作品显露出了深厚的文化底蕴、内藏有灵气和悟性，我相信您一定有过不平凡的经历。"他说："20 世纪 90 年代，我有过一次长达五年的跋涉。走遍了名山大川，接触了许多佛道及民间高人。和他们在一起，使我体验了从另一角度看待世界、看待人生。黎明，两辆自行车，两个旧旅行包，我和我的学生就出发了，在山间小路艰难地行走。深夜一两点钟，我还和我的学生尚荣在令人不寒而栗的山路上摸黑骑行，我们要赶到下一个村庄，才能把编织袋铺开，躺下休息三四个小时。第二天，五六点钟就收拾出发。遇到雨天，得把编织袋拿出来，盖到旅行包上，用细绳拴紧。但到下一个目的地，打开一看，字典和手稿仍然被雨水渗透，像用烙铁在纸上烙出的大写意画。原来，由于天黑看不清，我们用来遮雨的那袋子上有几个像核桃大小不规则的窟窿，那是带柄的小铁锅、脸盆等在里面磨烂的。有时，连七八户人家的小村落也遇不上，就得注意紧贴马路的山洞，那山洞刚刚容纳两个人躺下，把自行车横放在洞口，用链子锁把皮带和自行车锁在一起……"

"天将降大任于斯人也，必先苦其心志，劳其筋骨，饿其体肤，空乏其身，行拂乱其所为，所以动心忍性，曾益其所不能。"徐闻帮是用他的汗水和心血写作的，我真诚地期盼，徐闻帮能继续贯穿人格与思维习惯的精心培养，继续对天地人生的终极追问。

顾铭瑞

2011 年 9 月 10 日于上海

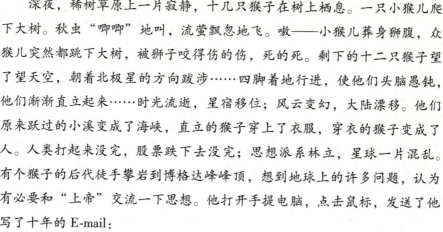

　　深夜，稀树草原上一片寂静，十几只猴子在树上栖息。一只小猴儿爬下大树。秋虫"唧唧"地叫，流萤飘忽地飞。嗷——小猴儿葬身狮腹，众猴儿突然都跳下大树，被狮子咬得伤的伤，死的死。剩下的十二只猴子望了望天空，朝着北极星的方向跋涉……四脚着地行进，使他们头脑愚钝，他们渐渐直立起来……时光流逝，星宿移位；风云变幻，大陆漂移。他们原来跃过的小溪变成了海峡，直立的猴子穿上了衣服，穿衣的猴子变成了人。人类打起来没完，股票跌下去没完；思想派系林立，星球一片混乱。有个猴子的后代徒手攀岩到博格达峰峰顶，想到地球上的许多问题，认为有必要和"上帝"交流一下思想。他打开手提电脑，点击鼠标，发送了他写了十年的 E-mail：

　　上帝，不知是你创造了人类，还是人类创造了你。对我来说，这是一个问题。但也许这不是什么重要的问题。在一个人的命运中，在人类社会的发展中，甚至宇宙的发展中，您似乎并不存在，又似乎无处不在。当人类不知自己从何处来，向何处去，一声声仰天长叹，那不都是对您发出的诘问？我通过思考、探索，弄懂了一些道理，但至今尚不明白您为何对嗜血的人类如此宽容。要知道，人不过是 65％ 的氧、18％ 的碳、10％ 的氢、3％ 的氮、1.5％ 的钙、1％ 的磷、0.35％ 的钾、0.25％ 的硫、0.15％ 的氯、0.05％ 的镁、0.0004％ 的铁、0.00004％ 的碘以及微量的氟、硅、锰、锌、铜、铝、砷等元素的组合体。满共也不过 12 公斤碳、7 公斤氢、2 公斤氮、1 公斤钙，值 145 美元。2/3 为水，脂肪可制 7 块肥皂，石灰可粉刷一个房间；碳相当于 12.7 公斤的焦炭，磷可制 2200 根火柴，铁能制 2.5 厘米长的铁钉，如此而已。

　　如果您认为您的杰作——人，是能工作的动物，那么，在基因工程[1]突破之前，看看人的一生都做了些什么：

　　站着 30 年、坐着 17 年、睡觉 23 年、行走 16 年、吃饭 6~7 年、阅读250 天、看电视 6 年、如厕 195 天、开车 5 年、做梦 4 年、做爱 110 天、刷牙 92 天、哭泣 50 天、说"你好" 8 天、穿衣 526 天、做饭 555 天、排队495 天、患病 495 天、过节 370 天、看时间 3 天。人醒着的时候，只有40％ 的时间用在工作。

人类 60% 的时间都没有做事，您老何以宽容如斯？

我猜想，只有一个原因使您对人类有如此宽厚的容忍，那就是：人会思考。

日月运行，山水共照。人生天地之间，目视五色[2]，口品五味[3]，心思五情[4]，首当感谢您——上帝。

河汉浩渺，星辰更替；亿万斯年，流飞如初，首当感谢您——上帝。

我们所在的星球是银河旋臂内太阳系的一颗行星。太阳率领 8 颗行星以每秒 250 公里的速度绕银河系缓慢旋转，2.5 亿年才转一圈。从太阳这颗恒星诞生到今天的 21 世纪，也没有转 30 圈。但每转一圈，它的行星家族即发生翻天覆地的变化。自从上帝您君临这个星球，按您的面目制造了我们的祖先，地球才增加了新的生机和活力。可是，我们环顾四周，竟没有在其他星系发现您另外的作品——我们的同类，我们感到孤独。

把两亿年前三叶虫[5]化石旁留下脚印的那个人算在内，至今，这个星球上生活过约 1060 亿人。无论是蒙古人种[6]、尼格罗人种[7]还是欧罗巴人种[8]，其寿命从石器时间的 19 岁、青铜时期的 21.5 岁、16 世纪的 27.5 岁、到 18 世纪的 28.5 岁、1801～1880 的 35.6 岁、1901～1910 的 44.8 岁、1924～1926 的 56 岁、1970～1980 的 77.3 岁。人类在用 2796 种语言交流。表达思想时 7% 用语言，38% 用声音，55% 用动作和身体语言。人的几万天寿命简直是您弹指一挥，语言表达能力极其有限，书无同文，车无同轨，人类的荒莽如斯。

从您把撒旦[9]镇压以来，这个世界一天都没有太平。您别误会，我绝非在讥讽您镇妖不灵。撒旦虽然已被镇压，但埋葬撒旦的那座大坟里散发出来的恶臭，幻变成千万个撒旦。他们借拯救众生之名，行蝇营狗苟之实；争战连年不绝，和平遥遥无期，我们感到忧虑。

看在您许诺的份上，我们像复活节岛[10]上的一尊尊石像一样，在西奈山[11]下天天等您驾临。

可是，我不知道此封 E-mail 要跨越多少万光年[12]，经过多少个星系，最后被您在巨型电脑上接收。也许，很可能在您接收到这个邮件之时，被叫作地球的行星已经被强盗们用钻杆钻穿，被魔鬼们用 Aotomic-Bomb 夷平。显然，发这封邮件的人和他的同类已化作以太，魂归于天，魄落于泉；水火分散，各归本源。到那时，围绕太阳运行的将不再是蓝色的行星，而是一块突兀的巨石，飞沙走石，群魔狂舞。不！也许连魔鬼都已经不复存在。这绝非妖言惑众，危言耸听。

1. 在分子生物学和分子遗传学综合发展基础上，于20世纪70年代诞生的一门崭新的生物技术科学。又称基因拼接技术。耗资几十亿美元，继2000年6月26日科学家公布人类基因组"工作框架图"后，中、美、日、德、法、英6国科学家和美国塞莱拉公司2001年6月26日联合宣布，人类全基因草图在测序工作的基础上已经绘制完成，标志着21世纪的医学将进入后基因时代。人类现有18000多种疾病，都直接、间接与基因有关，其中，6000余种为单基因病。提取长寿基因、免疫基因、抑癌基因为人类所用，人类有可能将寿命延长10多倍。

2. 青、赤、黄、白、黑五种颜色。中国古代以此五色为正色，其余为间色。五色对应五行：青对应木，方位东方，八卦为震、巽；赤对应火，方位南方，八卦为离；黄对应土，方位中央，八卦为坤、艮；白对应金，方位西方，八卦为乾、兑；黑对应水，方位北方，八卦为坎。皇帝穿黄袍，住黄色宫殿，以应中央之色。

3. 辣、酸、咸、苦、甜五种味道。对应姜、醋、盐、酒、饴糖，五行归类：辣为金、酸为木、咸为水、苦为火、甜为土。

4. 怒、喜、思、悲、恐。对应五行木、火、土、金、水。

5. 已经灭绝的节肢动物门的一纲。个体长数厘米，最长可达70厘米，小的仅数毫米。出现在寒武纪初期，晚寒武纪发展到高峰，奥陶纪亦繁盛，志留纪后渐衰，二叠纪末绝灭。

6. 也称"黄色人种"。包括东亚、北亚、中亚、北极等原居民和美洲的印第安人。体质特征为：肤色黄白、发直而黑、眼色深、颧骨高、面扁平、内眦皱襞和门齿铲形的出现率较高，体毛和胡须稀疏，人口最多，分布最广。

7. 也称"黑色人种"。分布在非洲、大洋洲、印度南部、斯里兰卡、加里曼丹等地。体质特征为：肤色呈黑色或黑褐色、发卷曲或波形、色深黑、眼色黑褐、唇厚而凸或较厚、鼻宽扁或较宽、眼裂较大。

8. 也称"白色人种"。分布在欧洲、北非及亚洲的土耳其、伊朗、伊拉克、阿富汗、巴基斯坦、孟加拉国、印度等地。体质特征为：肤色浅淡、发金黄或褐色、眼蓝或褐色、发波浪或直状、唇薄鼻高、颧骨不凸、体毛和胡须发达。

9. 译自希伯来语 sātān，意为"抵挡"，基督教对抵挡上帝、与上帝为敌的称呼，与圣经故事中的魔鬼同义。撒旦原是上帝所造的使者，后来妄想与上帝比高低，被上帝贬黜堕落。

10. Isla-de-pascua 太平洋东部智利属岛。位于南纬 27″08′、西经 109″23′，东距智利 3700 公里，面积 117 平方公里，人口 2000 人（1995），多死火山、火山口湖，土壤肥沃。1922 年复活节，荷兰航海家洛加文来到这里，命名此岛为复活节岛，意为"石像的故乡"。

11. 埃及在亚洲部分有西奈半岛。《圣经·出埃及记》里，耶和华要在百姓眼前降临在西奈山上，要求摩西给百姓定界限时告诫：不可上山、不可摸山，不然必死无疑。

12. 光在一年内所走的路程。光在真空中所走的路程约为 30 万千米/秒，光在一年所走的路程约为 10 万亿公里。

**一**

观世间万相，虽缤纷杂陈，却各有道理，疾缓盈缩，漫加褒贬。

自有我身，便无我性；花花世界，让我心动；父母未生，我身何在？

在帝王之位，常厚德以覆下；居布衣之地，常修道以载物。

菩萨[1]面、野兽行，菩萨语、恶魔道，人类常常和菩萨作交易。

行万里路、读万卷书，句句是真；栽万棵莲、证一种果，棵棵不虚。

深刻的道理不需要上天入地，终极的公式往往是灵机一动。

近40年前，有一个叫安藤百福的日本人，在大阪市开了一家食品公司，以加工和销售食品为主营业务，董事长安藤百福上下班就坐电车，回到位于池田的家里。时间长了，他时常看到许多人排队买热面条，吃热面条要等很长时间，既费时又费力。

安藤想，能不能做一种面，用开水一泡就可以吃，他买了一台压面机制作面条，经过三年的努力，他成功了。他研制的方便食品就是方便面，第一次投放市场8个月，就销了1300多万包。

很多事情都需要与众不同的思路，还要有较真的劲头，才可以有所成就。

般若[2]经常被本科生读错，这没什么奇怪，奇怪的是无用的教育还在持续：教师有文凭而无思想，学生有知识而无能力。

美国内布拉斯加州的外科医生琼玛卡若经常看到因车祸伤残的患者，她时常思考，怎样减少交通事故。

经过观察，她发现很多驾驶员喜欢占住公路的中间行驶，这就是很多车辆对面相撞的原因。她想，如果在马路中间画一条线，让两个方向的车辆各自行驶在线的一侧，不就解决这个问题了嘛？

她把这个想法告知有关部门，没想到他们不以为然。琼玛卡若每天都面对伤者的痛苦，她不断地向有关部门建议，经过好几年的努力，1924年，美国内布拉斯加州公路管理委员会同意在99号高速公路上做实验。不久，全州的公路都画上了"琼玛卡若线"。

世界上的很多问题，都可以通过仔细观察找到解决的方案，永远不要墨守成规。

波动起伏的心不能怪外界的试诱，谁让我心动？娑婆有众生。

罗曼史记录在带锁的日记本里，是纯真，是幼稚，还是荒唐？

蜜月里人迷，说着蜜语，分泌蜜腺；蜜里调油，干柴烈火，尽情纵欲，小心高温之中很多物质都会变软。

多少人成功的梦想，被失败当场击伤；多少人健康的愿望，被疾病恶意泡汤。问苍天，问大地，苍天无语，大地无言；古往今来多少事，苦甜酸辣都尝遍。人生在世几万天，为谁辛苦为谁烦？精是财富的金盘，气是健康的靠山，神是智慧的甘泉，精气神是我们的期盼。当我们拥有了成功，再难见贫困的嘴脸；当我们拥抱了健康，定摆脱病魔的纠缠；当我们深思熟虑，那是智慧在扬帆。鸟儿飞过天空，不曾留下踪影，不记得天地慈祥，养育众生；我们是时空的帆，我们是斩棘的剑，我们驾驭宝马佩金鞍。按动灵感的鼠标，求解幸福的方程；我们高唱一曲，欢乐的歌声响彻云天。

时不我待，万古一念；光阴荏苒，亦真亦幻。

照本宣科，比猫画虎，书店里有各种书籍、光碟，都是教导我们如何成为明星和大师的，没有一种是教我们如何超越大师的。

见怪不怪，其怪自败。进了医院，我们才明白，人为何在高温的马路上滑冰，原来冰块都给人体降温了。更小的冰块，有的被制成冰糕、冰激凌。不知道这样生活，能不能水火既济[3]，千万不能心如冰雪。

五欲[4]是众生生死轮回的直接原因，但所有的艺术都在张扬这些欲望。

蕴藏在内心的是真正的东西，表现在外表的不一定有内容。

春秋时期，国与国之间经常发生战争。今天你打我，明天我又报复你。越国被吴国打败之后，越王勾践这个昔日的帝王受到了千般凌辱。为了让吴王相信自己心悦诚服，在一次吴王得病的时候，勾践竟吃吴王的大便，对吴王说："陛下，您没有大病，您的大便很好吃。"

吴王放松了警惕，相信被打败的越王勾践不会东山再起，没有报仇的意志和决心，就放越王回了越国。越王在回越国的路上，长出了一口气，仰天长啸："啊呀呀呀！"

回到家里，他把猪苦胆吊起来，每天尝一遍。他不住宫殿，就以柴火为床，和老百姓一样干活劳动。寻找德高望重的老人，向他们讨教治国方略。凡是老百姓厌恶的政令就取消，凡是老百姓认为不好和不合适的就改正补充。重视教育，对有学问的人给予很高的待遇。经过一系列促进生产、促进人口繁衍、增加教育、尊老护幼、富国强兵的措施，越国渐渐地强盛起来。

老百姓向越王说："陛下，您爱民如子，我们向您请求，同吴国决战吧，我们做梦都想复仇呀！"越王感到对吴作战的条件已经成熟，他答应了百姓的请求。公元前273年，越国同吴国决战，越军大获全胜，吴王夫差拔剑自刎。

这是"卧薪尝胆"的经典故事，被作为励志的经典教材。越王勾践确实可以作为败而不亡、伺机再起的实践者。但以军事统帅的眼光审视，越王勾践是一个比叛徒还要可怕百倍的人，要警惕吃着大便还说香的人。

皆大欢喜和有求必应，一样经不起推敲。

空间的无限宽广给我们的大脑以足够的想象，存在的意义被我们再三修改。

渡过河的时候，不能忘记桥的作用；幸福的时候，不能忘记苦难的作用。

一步登天者，往往因为不能适应稀薄的空气而呼吸急促，不能适应险峻的高度而两腿发抖，不能适应位置的切换而脚下绊蒜。

切莫将流行当做方向，也不可将潮流当做目标，心中常有一把斩棘的弯刀，真理的山峰就会向你招手。

苦味可以泻火、可以补脾、可以清肺、可以疏肝、可以济肾。看似令人皱眉的东西竟有这么多用处[5]。

厄运只能把平庸的人玩于股掌之中，胸怀宏愿的人心中有汹涌的烈火，厄运被他扼住了脖颈。

露易丝·海是美国最负盛名的心理咨询专家、心理导师和演讲家。自幼父母便离婚了，5 岁时曾遭强暴。少年的露易丝·海受尽凌辱和虐待，结婚 14 年后，被丈夫抛弃。1976 年，露易丝·海出版了《治愈你的身体》。不久，她被确诊患了癌症，她开始在自己身上实践整体康复的思想。6 个月以后，她摆脱了癌症，完全康复。1984 年，露易丝·海又出版《生命的重建》。如今，《生命的重建》已累计销售 2000 万册。

人类的心灵是一个奇妙的东西，里面蕴涵了巨大的潜能。

舍我之身，留我之性；舍我之浊，留我之清；舍我之黑，留我之白；舍我之有，留我之无。

利深祸速，任重道悠。

民国三十六年的一天夜里，两个人挑担走路，一个是给东家挑了六十斤现大洋，从城里挑回家，东家说好给他一个现大洋；另一个挑着空担。两人走到一片庄稼地，挑现洋的人要进庄稼地方便，就让另一个人给他照看货物。那个人眼睛直勾勾地盯着那六十斤现大洋，突然他在旁边的地上扒起土来，很快就扒了一个不小的坑。把一挑现大洋全倒进坑里，封上土。又若无其事地站在黑夜里。挑现洋的人出来了，感觉有些异样，问他。他说："刚才来了三四个打劫的人，带着盒子枪，枪抵住我的脑袋把现洋抢走了。"

挑现洋的人头上像劈了一个炸雷一样，但又不好对老乡发火。回到东家家里，把前前后后说了一遍，东家也没有让他赔现洋，而且照样给了他工资——一块现洋。过了没有几年，那个监守自盗的人全家死光了。

我无意宣扬因果报应，但黑白红蓝都会留下它们的踪影。

子曰的事情我们照着做，"述而不作"影响了中国两千多年，中国在格物致知方面用了太多的工夫。

色彩斑斓的世界在诱惑我们，什么时候我们才能做到观海听涛，思物悟道。

格洛阿是一位数学天才。一天，他来到迪·罗威艾街找朋友鲁柏。守门人告诉他，鲁柏已在两周前去世，是被人用刀刺死的，守门人说："鲁柏腹部被刺，手里紧握着一块饼。"

格洛阿问："有没有罪犯的线索呢?"

守门人说："没有。"

格洛阿想，鲁柏手里紧握的馅饼应该是一种暗示。馅饼"pie"谐音，在希腊语里是"∏"，代表圆周率3.14，他暗示的应该是凶手住在3楼的14号房间，根据格洛阿的推断，警察终于将住在3楼14号房间的凶犯朱塞尔捕获。

灵机随时可以显现，永远不要把思路框在一个框子里。

不是所有的努力都有结果，没有结果就是结果。

异常的气候只有少数动物能够挨过去，异常的环境也只有少数人能够不迷方向。

1900年，八国联军闯入北京。经历过英法联军火烧圆明园，慈禧清楚地意识到，北京的宝贝都会被八国联军抢走。如果不采取非常的手段，大量的财宝将落入强盗之手。想前思后，慈禧终于琢磨出一个妙计。她将最珍贵的财宝装进了一个房子。房子用砖头砌成，双层空心墙，外层用旧砖砌成，从外面一眼望去，就是一堵破败的旧墙。旧墙的里面是新墙，财宝就放在夹层里。

1902年，慈禧在外漂泊了两年以后回到北京。她指挥拆掉金库的内墙，大批财宝依然藏在里面。战争强盗们做梦也没有想到，"老佛爷"竟有这招妙棋。

临危不乱，守正出奇是军事家的韬略，人生何尝不是这个道理。

空中有情，情中空灵；亦情亦空，亦异亦同。

空中心死，谓之真空；若然真空，与死相同。

不过如此，世界永远是这样，如彼如何，谁也不知道。

异族入侵，比起兄弟阋墙的力量要小得多。

李渊封长子李建成为太子，次子李世民为秦王，四子李元吉为齐王。李世民不甘心做秦王，密谋行动。李建成先生了杀弟之心，他想先发制人害死李世民。他邀李世民吃饭，等李世民中毒、口吐白沫，李建成吩咐手下说，秦王身发暴疾，速送回府。但李世民并没有死。李建成又生一计，劝父亲李渊出行打猎，特意给李世民安排了一匹烈马。李世民在打猎的时候，摔下马背，但仍然没有死。

李世民见李建成如此过分，决定主动出击。他召集府中人商议对策。房玄龄说："太子和齐王已两次谋害您，您差点被他们害死，应该果断行动，消灭祸乱。"杜如晦点头附和。

当天夜里，李世民开始行动。他亲手射杀了兄长李建成，尉迟敬德射杀了齐王李元吉。其余太子和齐王的卫士被斩尽杀绝。

兄弟阋墙比任何争斗都可怕。其根源还是为了自己的利益。

色是最昂贵的，所有值钱的东西，都是供肉眼观看的。最贵的食物，里面含的无非是蛋白和胶原蛋白。

大美人褒姒的一言一行、举手投足迷得幽王神魂颠倒，幽王把褒姒捧得像一朵花。褒姒能歌善舞，百灵一听她唱歌就不唱了，孔雀一见她跳舞就不跳了。

幽王和褒姒住在琼台，成天饮酒作乐。褒姒整天不笑，是一个冷美人。幽王想了很多办法，她还是不笑。幽王出赏："谁能让娘娘开口一笑，我就赏谁一千两金子！"

赏金一出，文武大臣都在出主意，可没有一个人有明确的思路，因为这样的赏金他们从来没见过。有个叫虎石父的大臣，平时就很会拍马屁。他跑到幽王面前说："陛下，微臣有一计，能让王妃娘娘开口笑。"幽王说："君前无戏言，你可要想清楚，你出的主意对了、成了，我赏你金子，兑现寡人的诺言；你要是出馊主意，娘娘还不笑，我可要定你欺君之罪。你可要想清楚哦。""没问题，陛下。"说着，他将头向幽王面前靠了靠，给幽王耳语了几句。幽王眯着眼睛，突然拍手说："好咧。"

一行人上了骊山。周幽王命令士兵把烽火台的狼烟点燃。狼粪一烧，冒出很多很大的烟，飘向空中。诸侯得报，以为敌人来了，立即领兵到骊山施救。当他们带着一干队伍风风火火到来时，不但没有看到敌人的影子，反而听到金、石、土、革、丝、木、匏、竹八音的吹奏。

幽王派人给他们说："大家回去吧，皇上在放烟火玩呢。"诸侯上了当，很气愤地回到了自己的领地。褒美人听到幽王眉飞色舞地说放狼烟的事，"扑哧"一下，笑得前仰后合。幽王没有食言，赏给那个出主意的大臣一千两金子。

被幽王废黜的申后是申侯的女儿，幽王和褒美人花天酒地、纸醉金迷的消息不翼而飞。申侯决定联合犬戎，一起攻打周都镐京。敌人的队伍浩浩荡荡，很远就能看到好几面旗帜在风中飘动，幽王慌了。说："还不赶快点烽火。"烽火很快又被点了起来，这一次，诸侯没有来。他们领教过上一次幽王的荒唐，联合大军势如破竹，镐京的兵马有限，经过短暂的交锋抵抗，申侯的联合大军开进了镐京城。

劝谏幽王而被幽王关进大狱的褒珦家人，为救一家之主，买了褒姒送给幽王，幽王得美人放褒珦。这一得一放，竟将一个国家葬送了。褒姒天生丽质，得幽王之宠而被骂为千古祸水。

色是最昂贵的。虽然医学专家列出了十几项性和谐的好处，但是，伦敦莫利医院国家瘾事中心主管约翰·马斯丹指出："当一个人吸引你时，你的大脑会释放出成瘾性的多巴胺，产生与服用可卡因相同的反应。吸引力和性欲像毒品，它让你只想得到更多。无论是谁，当被某人吸引时，大脑中处理情感的那一部分会活跃起来，使心跳加速。性是一个傻瓜的陷阱。"

玩物既可丧志，更可丧国。

色是最具有杀伤力的，驰骋杀场的骁将常常会拜倒在石榴裙下。

即使上帝放弃拯救我们，我们也不是不可救药。双脚朝前迈，心中有净土。

是人类给自己设置了种种障碍，身的障碍让我们不能狂奔，心的障碍让我们不能超越。

关羽败走麦城，与关平一起被东吴擒获，劝降不成，被双双斩首。刘备闻听，昏死过去。张飞得知关羽死讯，日夜号哭，敦促刘备让他去雪耻此恨。临行前，刘备对他说："你喝酒以后经常发怒，拿鞭子抽部下，部下都有怨言，今后，你要改一改自己的坏毛病。"

张飞回到阆中，把刘备的话忘得一干二净。他下令，三日内置办好白旗素甲，三军挂孝伐吴。负责这项事务的范疆、张达告诉张飞，白旗素甲三天无法筹齐，需要宽限时日。张飞大怒，骂道，我急着报仇，你们竟敢给我掉链子。命令人把他俩绑到外面树上，每人打了50鞭，边打边骂，你俩必须给我按时置办白旗素甲，违期斩首。

回到帐中，范疆和张达发愁。他俩商量，与其置办不齐白旗素甲，让张飞把咱俩处死，不如咱俩把张飞宰了算了。张达说："咱俩如果命不该绝，就让张飞醉在床上；咱俩如果命里该死，那张飞今晚就不会喝酒。"张飞回到帐中，神思混乱地问部下："我今天心里跳得厉害，是咋回事？"部下说："你太思念关将军了。"张飞放松了警惕，让人拿酒再喝，直到醉卧在帐中。范疆、张达进去就把张飞的头割了下来，带领数十人连夜投奔了东吴。

真正的较量不在拳头和枪杆上，在降服自己的那颗心。

空气中含有我们赖以生存的氧气、氮气、氦气、氖气、氩气、氙气、水蒸气、二氧化碳、微生物和杂质，而太空却会使我们瞬间窒息。空也不尽相同，不同的时空要求我们采取不同的生存方式。

空谷回声，是先有声，才有回声。声发必然物动，物动必然发声，唯心除外。

即若人类没有书读，也应该向动物借鉴。大马哈鱼从出生地往下游觅食，长大后又经过千难万险回到故乡，交配产卵后安详地死去。生也灿烂，死也静美。

是人类给自己定下了种种规矩，众说纷纭，莫衷一是。抱孩子和托机枪的姿势大致相同，屠夫和园丁的步伐也没什么两样。天堂[6]和地狱[7]的岔道靠心去识别，与先迈左脚或右脚，先摆左臂或右臂关系不大。

皮拉对岑诺说："警官先生，我是一名国际刑警组织通缉的要犯，你是警察局赫赫有名的老警官，我现在想和你做一笔交易，你看怎么样？"

岑诺说："你和我能有什么交易？"

皮拉说："我把我要作案的时间、地点和详情告诉你，你将我逮捕归案的同时又可以给你记一次大功。然后你得帮助我从监狱里逃出来，我打算去太平洋的一个小岛上隐居下半生。跟我一起去的还有一个年轻漂亮的姑娘，她就是你的女儿奥莱斯蒂亚。"

岑诺思考片刻，答应和皮拉做这笔交易，一切都进行得天衣无缝，皮拉抢劫银行被逮捕，岑诺的事迹震动全国，被推荐为参议员人选。

皮拉在监狱里苦苦等待，已经是参议员的岑诺来到监狱悄悄对皮拉说："皮拉先生，我没有找到奥莱斯蒂亚在哪里，她可能跟伪钞走私集团的头子在一起，那家伙曾向我许过和你一样的诺言。"

生杀予夺全在一念之间，人的心是世界上最难测的东西。

色彩艳丽的花缺少芬芳，几乎所有的白花都很香。

受用一生的东西不需要很多，食物维持我们的生命，智慧亮丽我们的人生。

想必上帝您不曾体验过人生，你可以说，上帝的生活不过如此。你有资格给我们说天地造化、社稷江山，但你不一定有资格给我们说人的生死苦乐。

朱元璋出身贫苦，从小受尽了土豪劣绅的欺凌。父母亲和三个哥哥都死于因饥荒而起的瘟疫，对富豪之家充满刻骨铭心的仇恨。元末乱世，他参加农民起义，几经磨炼，当上了皇帝。之后，他首先要实现的理想就是"均贫富，济苍生"。他的大政方针，都一步步把矛头指向贪官污吏和富豪。

浙江有一个富翁叫万二，财富远远超过一般的大款，他对天下大事很敏感。有人进京办事，他都把人家请到家里招待，打听京城的消息。一天，他听进京的人说，皇帝近日有一首诗："百僚未起朕先起，百僚已睡朕未睡；不如江南富家翁，日高丈五犹拥被。"万二听了这首诗，立即嗅出了里面的杀机。他叹道："皇上快要杀人了！"马上把家产施散给亲朋好友和四方穷人。买了一艘大船，携带全家老小，浪迹天涯，不知去向。没过三年，江南的富豪全被以各种罪名绳之以法，唯有万二逃过浩劫。

字为心画，言为心声，只是一般人听不出言外之意。

行动是一切幸福和奇迹的第一步，在它之前要有足够的准备。

识别一个人不能从细胞入手，给他一只小鸟，看他是编制笼子，还是将小鸟放飞。

奥娜斯是普利公司总裁，有一次，她决定向盲人学校捐一笔钱，就请有意者去她家商议此事。好几位校长来了又走，最后，奥娜斯把钱捐给了一所普通的盲人学校。

有人对她的举动不理解。奥娜斯说："很多校长来到我家，都在关注我要捐多少钱，对在一旁的小盲女视而不见。那个盲女就是我的孙女。有一所学校的校长进门就关注了小盲女，和她亲切交谈，忘了来访的目的。我觉得把钱捐给这位校长领导的学校比较放心。"

人的一切举止全在心的支配，用心观察才会得出结论。

亦步亦趋早就被庄子讽刺过，不料，如今的电视节目竟大肆鼓励模仿明星，创造的天性被成建制地扼杀。

复杂的事物无不有规律可循，特异的事物更有特点。

1947 年 6 月，解放战争已经进行了一年，周恩来指示写战争总结，内容分三项：停战令生效之后，国民党军队每月向解放区进攻时兵力情况统计；一年战绩逐月统计；解放军的发展和解放区城市面积、人口得失逐月统计。

这一项极其繁杂的工作，里面涉及的是一大堆枯燥的数字，参加统计的人全是手工作业，每人手执一个算盘，整天噼里啪啦打个不停。

1948 年 11 月 14 日，毛泽东为新华社写了一篇《中国军事形势的重大变化》，指出原来预计五年左右可能从根本上打倒国民党反动政府，现在看来，再有一年左右时间，就可能将国民党反动政府从根本上打倒了，毛泽东依据的统计资料，就是周恩来指导下的作战局提供的。

落叶知秋，窥一斑可见全豹，全局就在一些数字里面。

如果我们在成功的时候欢呼雀跃，说明我们还飘；在失败的时候垂头丧气，说明我们还滞；不飘需要重量，不滞需要气量。

是美产生了淫，还是淫亵渎了美？

舍弃什么，也不能舍弃人生。人生属于我们只有一次。

利欲熏心，说明利欲是一种火。火如果能有效地控制是无大碍的。有害的是烟，这烟里边含有一种叫做"四利化二欲"的毒素，是门捷列夫元素周期表里尚未列出来的元素。

瑞奇在深圳的一家广告公司参加复试，这家公司在一座大楼的 25 层，他走到前台问："请问，2509 房间怎么走？"前台小姐拿起电话说了两句，转过头对瑞奇说："2509 没人。"

他拿出面试通知，确认 2509 没错。他让前台小姐再打电话，回答依然是 2509 没人。

瑞奇问："电梯在哪里？"

前台小姐告诉他电梯的位置，但是电梯正在维修。

他就沿着楼梯一路小跑到了 25 楼。按响了 2509 门铃。

房间里很热闹，一位男士上来和他握手，说："你的面试通过了。"

瑞奇说："不是还没有面试吗?"

负责人说："你从一楼跑到 25 楼就是面试。我们需要的就是腿勤能吃苦的人。你被录用了。"

世界需要实干家，需要雷厉风行的作风。坐而论道没有用处。

子孙繁盛是我们的愿望，我们需要考虑的问题是，要给子孙留下什么?

是谁让我们渐渐远离了本性，又是什么让我们对身边的事物漠不关心?

诸多事情，都是因为我们没有用心而没有做好。

在全球众多的富豪中，只有一位富豪在任何时候都不带保镖，他就是霍英东。不论是在香港、九龙、新界，还是在世界任何一个地方进行商务活动，霍英东都不带保镖。

一个香港小混混，给霍英东打电话，向他勒索 20 万港币。霍英东问他，拿这 20 万港币干什么? 他说，父亲患上了绝症，没有钱医治，没有办法，才出此下策。霍英东说："你是个孝子，我给你 100 万，只是以后这样的电话不要再打给别人。"

得人心者，可以不带保镖，若失去人心，带着保镖也未必就安全。没有解决好做人的问题，你的事业也不好做。

法由圣显，道寄人弘[8]。

空中飞翔着无数鸟雀，多少年天空仍然宁静。人类一进去掺和，就是两回事了。

相信人类一条道走到头是幼稚的。人类的双脚大小不一样，左脚小，右脚大。如果蒙住眼让一个人走下去，会逆时针形成一个圆圈，莫非人生是零?

不要把少数人的嗜好强加给大多数人，尤其是电视节目，歌舞之后是选美，选美之后是 PK，这似乎都与大众无关。

生命是什么? 到现在还没有真正弄明白。唯一明白的是命字上部是个神龛，下部是个叩拜的叩字，我们的先人一定是经历了惊天动地的沧桑巨变，才对自然表现出如神一般的敬畏。

不可小视绿叶的力量，它不仅是红花的陪衬，更担负着整棵树的光合作用。

灭灯的方式古今不同。古代灯头朝上，吹一口气即可灭灯；现代灯头朝下，叫一声即可灭灯，世相大不一样。

不在内功上下工夫，尽在表面形式上做文章，这不会是人类进化的方向。

日本的很多学术会议，有的规模很大，但开幕式近半个小时，不设主席台，不请官员，只请学界前辈讲话和交流，没有资料袋，没有礼品，用餐时每人一个食盒，就几样清淡的菜、面条、炒饭和煮鸡蛋，还有一些饮料，会场也没住的饭店，开会的人，每天要过天桥、穿马路，步行十几分钟才能到达会场。

一切空谈都不能解决问题，必须在具体的事物上把形式简化。

垢染清净世界的五浊都在我们所在的世界，我们趋之若鹜的东西都与它们相关。

1939～1940 年冬天，德国利用英军远离法比边境前线的事实，散发了大量色情传单，描绘了英国军人酗酒后引诱法国士兵的妻女，背面配以文字："当你们在前线打仗的时候，英国人正在与你们的妻子干这个！"

"二战"后期，德国如法炮制，进行反美宣传。传单上画着美军士兵按着英国姑娘，下面是这样的文字："事实上，这是美国人的快活战争。"德国还向波兰散发了大量色情传单，以强化反布尔什维克信念。

许多"二战"的参战国都开始运用这一心理战手段，解密档案显示，到 1945 年 5 月前，美国一共散发了 7.9 万份"性的传单"。

"二战"结束阶段，美国散发了 7 万套色情明信片和信封。里面有奇异的、非人道的性方式。美国在太平洋对日军散发了这样的"色情传单"，上面是一个坐在藤椅上的日本裸体女人。背面文字注明是日本士兵的妻子被迫卖淫的故事，呼吁士兵停止抵抗、返回家乡。朝鲜战争中，美国散发了中文和朝文的色情传单，内容是俄罗斯士兵强暴中朝妇女。越南战争期间，散发过这样的传单，一个非常性感的越南姑娘，标题是"不要放弃成为男人的权利。"文字是"你们现在的唯一的价值就是希望，希望能在战争中生还，请不要放弃成为男人的权利，回到幸福生活的个人自由中去。”

交战的敌我双方，都把色情传单当做利器，可见色的力量之大。战争统帅紧盯住人的脆弱部位猛攻，这样的招数屡试不爽。

不吃主食，单靠副食是无法维持肌体的正常发育和代谢的。正像庄稼一样，单靠化肥的营养是不够的。

净化心灵比搞好环境卫生重要千百倍。

鲁国人秋胡，到陈国游说求官，临行前，母亲跟他说：“你求到功名以后，赶快往家里捎信儿，我们好和你团圆。”新婚的妻子也依依不舍：“你尽管放心去吧，家里有我呢，愿你多加自重，不要忘记家里还有慈母贤妻。”

在妫招举荐下，陈哀公接见了秋胡。秋胡虽然没有多少文化，但为人机灵，他用道听途说的学问，把陈哀公蒙得一愣一愣的。陈哀公觉得秋胡是个人才，拜他为上大夫。秋胡得志了，日夜梦想的生活实现了。陈国是一个十分淫荡的国家，秋胡在这期间，被花花绿绿的世界迷住了双眼，把母亲妻子的叮咛抛到了脑后，整整十年都没给家里捎信。

公元前534年，陈国因太子继位发生内乱，秋胡偷偷跑回老家。走到一片桑树林，见一个采桑女，长得俊俏风流，忽生邪念。他问：“我是他国大夫，出使鲁国，路经此地，敢问娘子，往鲁国的路怎么走？”少妇头也不抬，用手指了指，继续采桑叶。秋胡从怀里掏出一双玉珥，说：“娘子，如不嫌弃，请收下薄礼。以表敝人谢意。”少妇不理他，更勾起了他的淫心，他拉住人家的衣襟说：“我有钱，你若依了我，就可以吃香的喝辣的。”少妇甩开他的手说：“你身为官员，和我萍水相逢，就这样无耻，你再纠缠，我就喊人了！”

秋胡垂头丧气地回到家里，母亲见儿子回来了，马上嘘寒问暖。秋胡问母亲，妻子在哪里？母亲说：“在外面采桑叶。”一会儿，妻子回来了。秋胡一看，正是在桑树林被自己调戏的少妇。四目相对，两心跳动。母亲说：“你们俩怎么了？”妻子跑出了家门，母亲得知事情原委，当即昏死过去。妻子投河自尽，秋胡成了孤苦痴呆的废人。

人与动物的区别在于：礼、义、廉、耻。

不再期盼人生的道路上长满鲜花，不再指望上帝给我们恩赐珍珠。

增加人类的寿命，不受任何制约，没有天敌的人类如果无计划地膨胀下去，会变得不可收拾。

不要在乎骂你的人，时刻警惕夸你的人。

减去身上的压力，是每个人的愿望。但没有一点压力带来的问题，我们可能更加难以对付。

是金子也可以终生不亮，那是被埋进了泥土；是黄铜也可以受万人跪拜，那是戴在了帝王的头上。

故事让我们入胜，是因为它的简洁明快。快节奏的生活，使人们渐渐习惯于看小人书，这样下去人类会不会一个个变成"小人"？

1955 年 5 月 15 日，报纸发表"胡风反革命集团"第一批材料的第三天，上海高教局领导把贾植芳叫到办公室，问他对《人民日报》上关于胡风反革命集团的编者按语有啥看法？

贾植芳说："报纸看了，但不明白意思。"

领导问："胡风在搞什么阴谋？"

贾植芳说："胡风是按正常组织手续向中央提意见的，又不是在马路上撒传单，怎么会是阴谋呢？"

领导问："你跟胡风是什么关系？为什么还在为他辩护？"

贾植芳说："我跟胡风在旧社会共过事。他在我最困难的时候帮助过我。就是这么个关系。"

贾植芳被带走了。在 25 年不见天日的时间里，贾植芳始终咬定跟胡风是朋友，胡风是好人。贾植芳为此整整过了 11 年的牢狱生活，被批斗了 13 年。1966 年 3 月 30 日，贾植芳被上海中院以"胡风反革命集团的骨干分子"的罪名，判处有期徒刑 12 年。同年 4 月，被押回复旦大学，由学校保卫科发配到校印刷厂"监督劳动"。贾植芳作为"反革命分子"，遭受了批判、游斗、殴打和凌辱。

2008 年 4 月 24 日，贾植芳去世，享年 92 岁。他曾说过这样一句话："既然生而为人，就要把人字写好。"

贾植芳用他的人生为我们上了一堂做人的课。也给独立人格作了最好的诠释。

空中客车的运行，标志着人类越来越坚定地发展，这种发展是以高速消耗有限的能源为代价的。人类越来越对田园牧歌生活不屑一顾，我们是该批评，还是该褒奖？

中庸体现了一种高超的智慧，它是经历了沧桑而历练的一种人生策略。

无法摆脱蛛丝的束缚，是苍蝇心中永远的痛。

色是会意字。小篆的色，上部是弯腰的人，下部是人在跪着，合起来是跪着的人仰望立者的颜色表情。是什么叫人这样容易下跪？是铮亮的黄钺还是心灵的枷锁？

无忧无虑，要真正做到还真不容易。

受到批评时我们若能心境平静，受到表扬时我们若能不翘尾巴，我们就有希望踏入正道。

1976年，作为沧县轧钢厂的团支部书记的刘同写了一封信，反映沧县县委私自收回农民的自留地，题目是《是县委大还是宪法大？》。不久，这封信以内参形式发表。沧州地委提出不同意见，河北省委为此成立了联合调查组，写出了5000字报告，中共中央副主席李先念在调查报告上画了个圈，未做表态。时任新华社副社长的穆青认为，中央领导没有反对，就是一种表态，决定发表。新华社记者谢石言和李荣琨经过走访，写了一篇记者调查。1978年11月30日，《人民日报》一版刊登了记者调查，题目就是《是县委大还是宪法大？》。

这篇记者调查针对的不仅是一个地区的问题，而是"文革"后特定时期人民群众对民主与法制的呼唤，成为中国思想解放的舆论先声。本想经过改革开放30年以后，这类问题会成为历史，想不到当今的一些官员仍然拿手中的权力向百姓示威。上演了不少"我是某某书记，你告到哪里我都不怕"的闹剧。什么东西没有翅膀而能飞翔？什么东西没有种子而能生根？观念的扭转除了法律的经线之外，还需要灵魂的纬线，经过时间的穿梭，才能织出民主的壁毯。

想象的东西总是和现实有相当的距离，我们中的大多数终生都在现实与想象之间蹭蹬。

行直必先心直，动正必先心正。

1953年2月22日，毛泽东到南京视察。拜谒中山陵，祭奠革命先辈孙中山。

攀登中山陵，要经过漫长的墓道和390多级台阶，两边树木丛生，地形复杂，保卫工作难度很大。有人建议从旁边开辟小路，进入陵门的方案。毛泽东听说以后，说："堂堂的中华人民共和国主席祭奠革命先辈走小道，成何体统嘛？我就要走走大道。"

2月23日，毛泽东乘坐轿车来到中山陵前广场，缓缓登上台阶，在"博爱"坊前环顾四周，晨雾刚退，太阳升起，阳光灿烂，庄严壮丽。有人看见了毛泽东，一声"毛主席来了"，游客们都聚拢到毛泽东身边。

中华人民共和国主席走大道拜谒了革命先辈孙中山。

正心行大道，大道行正人。若有鬼在心，方向小路奔。

识尽万千声色，无非声色；辨尽百千名利，无非名利。

无法取得永生，会成为许多人心中的痛，有法得到解脱，会成为我们唯一的自由。

眼睛左右分布，能让我们很好地确认前方的道路，不使我们偏离航道。

耳朵的结构能让我们准确分辨五音[9]，不使我们陷入绝境。

鼻子的安排能让我们准确分辨气味，能使我们远离荼毒。

舌头的舔舐能让我们尽尝五味，能使我们滋润五脏。

身清净时心清净，心清净时神清净。

陆军部长斯坦顿走进林肯的办公室说："一名少将用侮辱的话指责总统偏袒人。"林肯说："你写信狠狠地也骂他一顿。"

一会儿，斯坦顿拿着一封信给林肯看。

林肯说："就是这样，要的就是这个效果。好好教训这小子一番。"

斯坦顿把信叠起来装进信封。林肯叫住他说："你干嘛？"

"我去邮寄。"

"不许胡闹，这封信不能发。把它扔到壁炉里去。生气时写的信我就这样处理。"

意气可以发，但不能用事。

意志是水，散则柔弱，聚则坚强。所有的权贵都无法让它低头，倒是在麻醉和疲劳的时候需要多加警惕。

无比强大的东西是被自己打垮的。从恐龙到猛犸象，如果它们没有庞大的身躯和巨大的胃，怎么能在地球上消亡？

　　色若没有，路断人稀。色字像披着长发扭动的女子令人着迷，只要世界上有色这种东西，心就很难平静下来。

　　1979年1月，霍英东向广东省政府提议，他出资1350万美元，在广州建一座五星级宾馆——白天鹅宾馆，这是新中国成立后内地首家与香港合资的高级酒店。有人事后问霍英东，他说："当时投资内地，就怕政策改变。那一年，首都机场出现了一幅体现少数民族节庆场面的壁画《泼水节——生命赞歌》。其中一个少女是裸体，这在内地引起了很大的一场争论。我每次到北京都要看看这幅画还在不在，如果在，我的心就比较踏实。"

　　女人曾被称为祸水，但霍英东显然有他更犀利的目光。在他眼里女人就是政治温度表。

　　声音是灵魂的音乐，通过声音这种工具，表达出来的是人内心的状态。

　　香花和毒草在外观上很难分辨，这样就增加了世界的戏剧性。

　　爱因斯坦问他的学生这样一个问题，两名工人修理旧烟囱，出来的时候，一个人身上很干净，另一个却满脸煤灰，他们俩谁会去洗澡呢？

　　一名学生回答："脸上有灰的人去洗澡。"

　　爱因斯坦说："干净的人看见另一个人脸上的灰，会觉得烟囱里很脏；那位看到他很干净，想法和他恰恰相反。"

　　又一名学生回答："干净的看到脏的，以为他自己也脏；脏的看见干净的，却觉得他自己不脏，一定是干净的去洗澡。"

　　其他学生也认同这个答案。

　　爱因斯坦说："这个问题的本身就不对，他们俩一起爬旧烟囱，咋会一个干净一个脏呢？"

　　甄别世界的一切东西，我们的心要像镜子一样透明。这就要求不断擦拭镜子上的灰尘。

　　味觉反映了身上的疾病。爱吃甜食，脾胃有病；爱吃酸食，肝胆有病；爱吃咸食，肾脏有病；爱吃辣食，肺脏有病；爱吃苦食，心脏有病。

触景生情，捕风捉影；风声鹤唳，杯弓蛇影，癫狂病由此产生。

法无定式，随时而变；势无永盛，随运而动。

20 世纪 90 年代中期，上海达利服装厂与荷兰、俄罗斯、日本、美国签订了外贸合同，给这些地区供应男士衬衣。有一段时间，外商接二连三地对厂家提意见，领子总是系上扣子之后不平展。厂里负责质量检验的姚工问设计师，设计师说我是按照书上的尺寸去剪裁的，没有错的。姚工说，你不要按书上的尺寸，你就把前面直接少剪一公分。设计师回去按照姚工的意见剪去了一公分，结果，做出来的衬衣叠好以后平平展展，再也没有皱折。

陈云有一句名言：不唯书，不唯上，只唯实。不要把书上的话都当成牢不可破的真理。

无论自然界和人类世界的气候怎样变化，在生命停止之前，心始终是恒温的。

眼见美色，心中骚乱；耳听五音，心中调弦。色不乱不能绘画，音不乱不能谱曲。

界定肉食动物，看它是否有犬齿，界定人是否诚实，看他做了哪些事。

乃者已过去，今者正进行，未来尚未来。

至大的盗贼决非是盗财或盗江山，而是盗人的心。

无法改变的事情是，我们都要死。给我们安慰的是，世界因为我们到来而改变。

意识究竟是什么，我们现在还不是十分清楚，我们还在有神与无神之间徘徊。

识别珍宝运用眼睛，识别贤愚运用心性。

1996 年，纽约大学的量子物理学家艾伦·索卡尔给《社会文本》杂志寄了一篇论文，题目是"超越界限：走向量子引力的超形式的解释学"他要检验一下这个杂志的编辑，结果出了他的意料，论文登出来了，索卡尔手捧杂志欲笑又止，他寄给杂志社的是一篇虚假的论文，是他自己瞎编乱造出来的。

界石栽到两国之间，当然是对的，但这样也不能消弭战争，因为它没有栽到人的心里。

1939 年 8 月 23 日，苏联与德国签订了《苏德互不侵犯条约》。

1941 年 6 月 22 日凌晨，德军及附属国 190 个师、3712 辆坦克、7184 门大炮、60 万辆运输车和 4950 架飞机，共 550 万人，代号"巴巴罗萨"，悍然对苏联开战。斯大林对德国发动战争的时间及进攻方向估计错误，仅基辅一战，苏军就被俘 60 万人。第二次世界大战先后有 61 个国家和地区的 20 亿以上的人口卷入战争，军民死亡 1 亿零 221 万。以德、意、日失败而告终。

规矩是用来被打破的，条约是用来被撕毁的。相信人被一纸文书约束是幼稚的，人的心是天地间最诡诈的东西。

无论如何锻炼，肉体都不能不坏，所以首要的还是关注心的钳锤。

无比忠诚、无比勤恳的美德，常常体现在百姓身上。

民国三十七年，腊月二十五，徐嵩岳为躲国民党抓壮丁，挑着担子，带着 5 个孩子，带着 17 个疤的锅，和老伴从河南襄县来到禹县孩子他姨家。人家也有几个孩子，吃饭的时候，老伴从孩子他姨手里接过饭碗，带着几个孩子往一边去吃。不管孩子们吃饱或吃不饱，老伴总是跟孩子他姨说，吃饱了。吃不饱的孩子们见到人家孩子剥掉扔在地下的红薯皮，就捏起来塞进嘴里。晚上徐嵩岳一家，就住在村头的破庙里。

民国三十九年冬天，老伴在破庙里生下女儿。有一天，挡风的草苫子刮掉了，老伴儿挪动身子去拾，不小心掉进了庙前的坑里。由于身子虚弱，老伴挣扎了大半天，几乎冻僵了。后来被孩子他姨发现，才捡回一条命。

在人家家里串房檐住，寄人篱下，自然也没有地可种。徐老汉就靠挑担卖针线颜料换钱度日。那年头，兵荒马乱，虫灾频起。捉到的蚂蚱堆起了两个一米多的茓子。白天饿一天，徐老汉挑着担子回到家，给每个孩子两把蚂蚱，吃完以后，就喝几口凉水。有时，就吃换回的芝麻饼。芝麻饼硬，得用斧子砸，砸烂以后，每个孩子分到像半个巴掌大的芝麻饼，边吃边喝水。吃完了，孩子们一个个都钻进被窝里睡觉。八年后，徐嵩岳靠挑担卖针线颜料在另外一个村里买了 40 亩地，7 间房屋，有了自己的家。1976 年，徐嵩岳去世时，6 个孩子已经有了 17 个孙子，6 个孙女。2011 年，徐家已是逾百口的大家族了。

动物的不顾疼痒，也许让人羡慕。但人类的坚韧却使任何动物都望尘莫及。

明白了很多道理，还是解决不了问题，真没有人当牛做马，地由谁犁？田由谁耕？

易世万年，会有很大的变化，但总有某些东西是不会改变的。

无论你怎么想，人有时比动物还要糊涂。喝醉酒后跟人做爱，第二天他能忘得一干二净，你说人糊涂不糊涂？

无比卑鄙、无比残忍的手段，首先被帝王使用。

方孝孺是明建文帝的导师和顾问。朱棣篡位成功，攻入南京之后，就搜捕方孝孺。逼他给自己写登基诏书。方孝孺宁死不从。朱棣就下令凌迟方孝孺，并灭方的九族。方孝孺说："别说你杀我九族，就是杀我十族，我也不会依你。"朱棣说："那就成全你，杀你十族吧。"于是，朱棣当着方孝孺的面，命令人将方孝孺的九族加上方的学生廖镛、林嘉猷等整整八百七十三人一个个杀死。然后将方孝孺凌迟处死。凌迟就是从面部用刀割起，一刀一刀割下去，全身割够三千六百刀，让人慢慢死去。

不久，归顺朱棣的建文朝御史大夫景清，穿着绯袍上朝，令朱棣起了疑心。命人搜身，结果搜出一把利刃。朱棣问景清，拿刀干什么？景清说："要为故主报仇。"朱棣大怒。命令人剥了景清的皮，塞上稻草，立在长安门旁，将骨肉剁碎。后来，朱棣的车经过长安门，勒皮囊的绳索忽然崩断，倒向朱棣的车，令朱棣大惊，立刻命人把它烧掉。此后，朱棣时常梦见景清拿着刀剑追杀他。朱棣下令斩杀景清家族，又将景清家乡整个村子的人都杀光了。

动物用它们的尖牙利爪攫取食物之后，常常对近在眼前的多余的猎物视而不见。但人类却有嗜杀成性的恶习，人类的残忍超过了所有动物。地位越高、权力越大的人，越容易失去理性。人类有机会成佛，同时，更有可能下地狱。龙凤虫鱼全在一念之差。

明白的事情是，我们生活在钢筋混凝土森林里，越来越能造，越来越会玩，又越来越不懂事。董事长是刚刚懂事，正在成长。

尽可能选择在内陆地区安家，就可以避免水淹，虽然仍然有泥石流和沙尘暴。

乃翁把激昂向上的东西传于你，在你的身上同时可以找到萱堂包容宽厚的基因。

　　至少在传宗接代的观念被扭转前，男女性别的比例失调状况很难改变。

　　无理挑衅者皆有所倚仗，若不容忍，灾祸立降。

　　老的标志，男人是疲软，女人是闭经。男人是花心所致，女人是抓心所致。

　　死亡不是因为金钱，而是因为对金钱的贪婪而导致的互相残杀。

　　亦步亦趋是动物的习惯，没想到这种习惯正在传染人类。

　　无法摆脱是因为有形，无形的东西就不受窠臼束缚。

　　老是自以为真理的学说，会让我们愚蠢的行为更加固执。

　　死亡的恐惧没能击退生命的洪流，绚丽的世界得以在我们眼前呈现。

　　尽管困难，我们也要阻止庸俗的硫酸锈蚀心灵。

　　孩子，你今年大学该毕业了。是要从政，还是从商？你自己考虑清楚。如果从商，你要有流氓的心理；如果从政，你要有妓女的心理。从你小时候起，你就是倔脾气。长大了，脾气还是没改。没改不要紧，要紧的是，你一旦踏入社会，就要和社会融为一体。社会是个大染缸，你不融进去，就会被社会抛弃。如果从商，你要学会抽烟、喝酒、玩女人，不这样，你就无法应付商场上的应酬。从政要比从商复杂一些，上级说啥，你都要向上级保持一致，不然，你很快就会没有位置。当然，你必须学会和适应。光做到不跟领导顶嘴还不够，还要察言观色，见风使舵，上车开门，落座接衣。领导累了，你得给领导捶背、按摩、捏颈椎；领导闷了，你要及时安排领导去会馆、山庄、度假村放松。不该听的不听，不该问的别问。在领导面前，你的声音不能高过领导。在外面走路，你就要拎住领导的包，走在领导的左后方。如果在车上，你要安排领导坐到后排的右手座，而你坐在前排司机的右座或司机的正后方。后排的右手座是领导的座位，好多人认为，司机的右手座是领导的座位，那是错误的，是没有当过官的人想当然的判断。后排的右手座是最安全的。别的细节，下次再谈。总之，你要从政，我也不反对，就是为难你了。要放弃一些男人的阳刚和意志层面的东西。你明白吗？

这是贪官的经验之谈，社会的水流的确磨掉了许多从政者的棱角，使其原有的锋芒和思想不得不转化为萎屑和世故。

无法说出是因为太玄妙，无法做出是因为太残暴。

苦心经营的人类在上帝看来是毫无意义的。

集中统计，使用频率最高的十个汉字是："的、一、了、是、我、不、在、人、们、有。"里面没有"你"、"他"，没有"天"、"地"，可见人类是以自我为中心的。

灭亡并不可怕，可怕的是痛苦地活着。

道无常道，因时而变；理无常理，因地而异。

无论我们是用龟甲记事，还是以金石抒情，无论我们用什么形式将人生描绘得多么神圣，都不会让上帝对我们关注于万一。

智者以人制命，愚者以命制人。

亦正亦邪是我们在这个世界的变通之策。

无论人类多么进步和文明，只要继续斗牛，文明的和弦就有杂音。

得失全在我心，成败尽在我意。

《都市快报》报道，2009 年 4 月 14 日上午，杭州市交警处置骑车人带人违章，拿辣椒水喷射器喷向骑车人，把不想交罚金也不舍得车子被扣的违章者搞定。在南京、重庆或别的城市，交警纠正违章人员也用辣椒水执法。

用辣椒水制服罪犯可以，但当我们看到全国越来越多的警察配发辣椒水，去对付老百姓的交通违章行为，不禁倒吸了一口凉气。我们在思考，手拿辣椒水喷向违章市民的时候，是一种什么心态？脸上被喷辣椒水的违章市民，又会有什么感受？喷者在执法，被喷者勃然大怒。本来和谐宁静的空气被辣椒水喷得乌烟瘴气。我们是人民的警察，人民的公仆。公仆有权力拿辣椒水喷主人吗？既没有法律依据，又不利于安定团结。这是谁出的主意？在构建和谐社会的社会实践中，有必要对我们的行为做一番深深的思考。和谐社会不容许辣椒水，辣椒水不仅能喷倒违章市民，更能喷倒我们的和谐根基。

以前，我们靠感官感知世界，现在已经明白，我们的感官感知并不完全是这个客观世界的真实存在。

无边的痛苦全在我们一念之中，忍受一念便将痛苦釜底抽薪。

在汉语拼音字母的所有21个声母里面，只有"S"的发音是需要下牙框从右向左移动才能完成。思考问题时脑子要灵活。

得到的欲望为什么不能满足？从人的身体结构中可以找到答案。两臂可以向前伸展环抱，却不可以向后背转回抱。两手可以向内握拳，却不能翻指背握。脚踝只能支持两脚向前，却不能站立不动向后移动脚尖。

故乡有我们心灵的摇篮，亲人有我们永久的期盼。

菩提萨埵，依般若波罗蜜多故。

心形图案代表爱情，但最初并不是指心脏，而是由女性的臀部演变而来的。根据生理解剖科学分析，心形代表的是女性臀部。世界上的许多事情都出乎我们的意料。

无挂碍、无挂碍，要真正做到真不容易。

惠可一心向佛，挥刀断臂，拜达摩为师。

惠可对达摩说："请老师为弟子安心。"

达摩说："把心拿来，我替你安。"

惠可说："我找不到。"

达摩说："如果找到了，那就不是你的心，我已经帮你安好了心。"

惠可恍然大悟。惠可成为禅宗二祖以后，僧璨去拜谒他："请师父为弟子悔罪。"

惠可说："把罪过拿来。"

僧璨说："我找不到。"

惠可说："我已经为你悔罪了。"

僧璨恍然大悟。

许多年后，一个小和尚向三祖僧璨求教，解除束缚。

僧璨说："谁束缚你？"

小和尚说："没人束缚我啊！"

僧璨说："那你还要求解脱干什么？"

小和尚就是中国禅宗四祖道信。

问题就是答案，答案就在当下。

故我迷茫，今我清醒。当我洞察一毫[10]、二谛[11]、三界[12]、四生[13]、五道[14]、六蔽[15]、七曜[16]、八识[17]、九流[18]、十恶[19]之后，我才明白了世间的道理。

无论如何，我们都不能忘记，在中国元代，人分十等：一官、二吏、三僧、四道、五医、六工、七猎、八民、九儒、十丐。这时，你是否明白，六百多年过去了，为什么还有那么多人热衷于仕途，又有那么多人轻视读书？

有了人生的希望，我们藐视邪恶和痛苦。

一个看不见东西的人，每天以拉二胡为生。他希望看看这个世界。但是访遍了名医，都表示没有办法治疗他的眼病。这一天，这个人碰上了一位道士。道士说："我这个偏方能治好你的眼病。不过有个要求，就是你拉断一千根弦以后才可以打开。如果你不按我的要求，吃了药也不管用。"

这位拉二胡的艺人就带着他的徒弟周游四方。他要按道士说的拉断一千根弦。一年一年地过去了。当他拉断了第一千根弦之后，迫不及待地将那张偏方拿出来，请别人帮他看上面究竟写的是什么药材。

别人告诉他，是一张白纸，上面没有一个字。

艺人的眼泪像断了线的珠子一样往下掉。他并不抱怨那个给他空白偏方的道士，而是从心底里感谢那位道士。

盲艺人没有把这件事告诉徒弟，而是将这张纸交给了他的徒弟，他徒弟也是盲人。

这位盲艺人就是阿炳。

希望让人生变得有目的，希望是弱者的甘霖，希望是一切行动的原动力。

恐怖行为是罪中的不赦之罪，它是在向文明社会公然挑战。

远方最能令我们魂牵梦萦，相互之间的思念需要一定的距离。

离别最能检验我们的心灵。

颠覆船舶是因为水上起了风浪，颠覆权威是因为心的海洋上起了波涛。

倒行逆驶在交通法规里是违章行为，就人体结构而言，适当地倒着走有助于颈椎、腰椎等疾病的恢复。

伍子胥训练官员如何应付败仗，吴王感到不可理解，伍子胥说，知败者为致胜者之母，知胜者为明胜者之因，将立于不败之地，元帅在用兵之时，把失败的道路想清楚，作为应付的准备，制定对付的策略，再调整出击。

伍子胥经常在打仗之前，部署军队怎样撤退，有一次，吴国与楚国交锋，吴军中了埋伏，伍子胥临危不乱，沉着地率部撤退，伤亡很小，又以逸待劳，趁着楚军大意之时，一举攻进楚国。

逆反思维常常能够出奇制胜。

梦见浑身发冷，那是被子没有盖好；梦见想吃东西，那就是晚上没有吃好；梦见警车在楼下鸣叫，那是路子没有走好。

想要像成年人那样，是孩子们的梦想；想当大官，那是成年人的梦想；想当皇帝，那是大官的梦想；想当神仙，那是皇帝的梦想；想长生不老，那是神仙的梦想。

秦始皇八方祭拜，礼敬神灵，想让自己长生不老，让自己的统治万古流传。

传说东海有位神仙，精于行解销化之术，许多君王都派人游东海。遍寻蓬莱、方丈、瀛洲三仙山，结果一无所获。秦始皇仍然相信，那里住着神仙，就派方士徐福率童男童女数千人，扬帆入海，去求仙人赐丹，出海后因风阻而返。

出而返，返而出。几年后，徐福回来了，说他找到了神山，见到了神仙，神仙说秦王的礼物太薄。秦始皇相信了徐福的话，又派出三千男女，满带五谷，百工直属，听徐福调遣，再度东访。只是这一次，徐福再也没有回来。

神仙梦做做可以，但像秦始皇的梦做得也太离谱。

究竟我们要干什么，需要我们深思熟虑。

涅槃[20]是熄灭一切烦恼，我们要弄明白烦恼是怎样造成的：怒的烦恼是肝火亢盛、肝失疏泄、气郁化火、肝热素盛所致；喜的烦恼是心热火旺、情志之火内发、肾不济上所致；思的烦恼是脾气虚损、命门火衰所致；悲的烦恼是燥邪犯肺、劳损久咳所致；恐的烦恼是肾气虚衰、摄纳无权所致。

三思人生，赤条条来，经过水洗；赤条条去，经过火炼，人生要经过水与火的洗礼。

世界已经进入这样的状态：冰山在融化下降，人心在浮躁上扬。

诸法不离世间法，万象未超人间象。

管仲辅佐齐桓公把齐国治理得井井有条，征服了很多小诸侯国，只剩楚国不听齐国的号令。齐桓公便准备征服楚国。

齐国有不少将军向齐桓公请战。管仲说："你们什么都不要说，该干啥干啥。"

众人一听宰相这样说，也没法和他理论。但是，这仗怎么打呢？

管仲带领他们去钱坊看工匠铸钱，将军们一头雾水，不知道管仲要干什么。

很快，管仲派出了一队商人到楚国买鹿。鹿在楚国很便宜，两枚铜钱便可以买一头鹿。齐国商人的收购价是三枚铜钱。十天以后，鹿的收购价涨到五枚、十枚、四十枚。楚成王和大臣闻听这件事哈哈大笑："齐桓公已经愚蠢到这份上了，我们还怕他干什么！喝酒，喝酒，哈哈哈哈！"

楚国的老百姓看到一头鹿的价钱已经和一万斤粮食接近，都带上猎具到深山老林捕鹿。官兵们则拿枪换猎具上山捕鹿，种庄稼的人越来越少。

一年以后，楚国的国库里堆满了铜钱，田地却荒芜了。由于齐国的价高，楚国捕鹿的多，种田的少，自己生产的粮食不够吃，拿钱也买不到粮食。管仲已经向诸侯国发出命令：不准各诸侯国和楚国进行粮食买卖。没多久，楚国军队人瘦马乏，战斗力减弱大半。管仲见时机到了，命令军队开到楚国境内。楚国国王无计可施，求告无门，连忙求和，同意不再割据，接受齐国的号令。

智慧是综合素质的运用。管仲兵不血刃降服了楚国，可谓"治大国若烹小鲜"。

佛这个字很明白，成佛离不开人。不管经过多少曲折，只要最后一笔拉直就是佛。

依般若波罗蜜多故。

得阿耨多罗三藐三菩提。

古训常常被我们放在精致的书柜里作虚荣的装点，即使写出来贴在墙上，也没有对我们的行为施加影响。原因是我们没有把古训当回事，没有把古训贴在我们心墙上。

知道了人世的丑恶，我们珍惜天使[21]的圣洁。

据《南方都市报》报道，东莞市东坑镇一个17岁的少年，因为张贴小广告，被两名城监人员抓住。不仅被脱掉衣服游街，而且被强行把头发剪个乱七八糟。报道说，这个少年第一次离开家乡到东莞谋生，妈妈杀了家里的两头猪，给他凑了800块钱，刚下车就被骗去600块，不得已只能靠给人家发小广告为生。

从这个报道我们至少发现三个问题，17岁不上学到外面打工，说明他们家的生活还不富裕；下车被人骗去600块钱，说明他所在的那个城市社会治安混乱；发小广告被城监人员剃头游众，说明城监人员对弱势群体漠视而怀有敌意，更说明城监人员的法律意识淡薄。心智未足的孩子受到这样的折腾，没有足够的理性思维能力，很可能将它化为对整个城市乃至社会的怨毒。我们不能用"野蛮执法"就将这件事盖住，这是将人民当做敌人。执法者的心中有超越一般的傲慢和野蛮。将一个城市的形象糟蹋殆尽。社会的不和谐音符从冰冷的剪刀上跳出，天真少年心中的美景被击得粉碎。

般若是在静中得到的，可是现代人越来越倾向于动，心越来越难以平静。

波涛汹涌都发生在一望无际的海面，一泓清水都固定在很小的池塘。

罗列人生的条件，最珍贵的阳光、信心都是免费的。

蜜蜂的勤恳和自律让人类为之汗颜，各种懈怠和乖张都能在人性中找到。

多少年进化使猿猴直立行走，伸直了后腿，解放了前腿。前腿的称呼变成了双手，"猿猴"的称呼变成了"人类"。我担心那被解放了的前腿，在哪一天会鼓捣出一种威力巨大的炸药并拉动引芯，让人类一下子退回到猿猴时代。

只要是人的七情六欲都可以通过梳理找到答案，问题是人类尚不能自我控制情绪。

武则天赏赐给天平公主的珠宝丢了，她下令给洛州长史，三天之内把盗贼抓住。捕吏们急得团团转，正好，这一天，湖州苏无名进京来办事，听了众人的述说，他说，见了皇上我就有办法。

武则天问他，你有把握在三天之内抓住盗贼吗？苏无名说，陛下如果信任我，就委派我去抓贼，但臣有话要说，请陛下不要限日期，武则天点头答应。

苏无名让捕吏放松追查，一个月过去了，寒食节这一天，苏无名说，你们守候在通往郊外墓地的城门，见到一群胡人出去扫墓时盯住他们，过了一会儿，有人来报，胡人出城了，苏无名立刻带人追上去，胡人在一座新坟前假声哭了一会儿，又露出笑容，苏无名下令，挖掘新坟，果然发现了珠宝。

武则天非常高兴，同时又想知道其中的奥妙，苏无名说，我进京那一天，碰见胡人出殡，觉得他们表情古怪，我怀疑他们把赃物装进棺材埋到城外，但是并不知道他们埋在什么地方，放松追查，就是让他们放松警惕，我判断他们会借寒食节扫墓之机出去查看，我派人盯梢，找到了埋藏珠宝的地方，人赃并获。

人生需要运用综合智慧，非常细的细节里蕴涵着很多东西。

大漠里的沙子是山麓经历几百上千万年风化而成的，再经过几百上千万年，沙子也不能成为山石。世界是一个封闭的自超越系统，人类对自己的行为在自然界产生什么影响，还无法作出有效的评估。

神圣不可侵犯的东西在人类社会的初期相当地多，随着认识的深入，神圣的东西便不断地被颠覆。

咒骂不仅没有使对手遭殃，反而使自己增添了肝火。

是我们不让上帝省心，我们是一群整错了基因的猴子。

大可不必为未来的一切发愁，等到若干年后才明白，我们原来担心的事情大多没有发生。

美国第7位总统安德鲁·杰克逊在妻子去世以后，对自己的健康状况非常担忧。由于家族里已经有好几个人死于瘫痪性中风。杰克逊认定他自己必定会死于同样的疾病。一直在这样的阴影下生活着。

有一天，杰克逊与一位年轻女子下棋。突然，杰克逊的手垂了下来，整个人看上去也非常的虚弱，脸色发白，呼吸急促。他的朋友来到身边。

杰克逊说："它还是来了，我得了中风。我的整个右半身瘫痪了。"

朋友问："你是怎么知道你得了中风的？"

杰克逊说："刚才我在自己的右腿上捏了几次，但是一点感觉也没有。"

跟杰克逊下棋的年轻女子说："先生，你刚才一直在捏我的腿。"

我们担忧的事情，大多没有发生。

明摆的状况是，许多人需要名，很多人需要利，更多的人需要提升灵魂。

咒语的目的都是让对手倒霉或保佑自己不遭灾祸。我们极为担心，具备大法力的咒语被魔鬼掌握和使用。

是人涂上了面膜，才让我们感到它戴上了魔鬼的面具。那么，人穿上乞丐服又想干什么呢？

无法避开的事情是，你越安静，思维就越活跃。

上帝，我们在心中把您安排到天堂，然后天天对您仰望。

咒诅是一相情愿的行为。

是动物让我们认识到什么是天真，是植物让我们认识到什么是无邪。

无论从哪个方面，人类都比动物流氓：恨比动物卑鄙，爱比动物下流。

等到繁华飘尽，尘埃落定，五彩缤纷要和那苍凉对换。

等到我们的舞步不按乐谱跳动，上帝会拆掉我们脚下的楼板，脱去我们脚上的舞鞋，并随手向苍茫大地撒下尖锐的蒺藜，让我们时刻心惊胆寒。

清朝时期，江苏巡抚谭均培非常廉洁。到任以后，他想拿前任留下的门子开刀，整肃署政。他规定，不准门子向来人索门包，吩咐账房增加门子的工资。有一天，上海县令莫某"诣辕谒见"。门子仍旧勒索。莫县令说："巡抚不是通告你们不能再要门包了吗？你们为什么还敢要？"门子回答："这是我们门子的饭碗，虽然有规定，我们也不能服从。"莫县令请门子先放他进去，等办完事，再回来补。门子不答应，莫县令就击鼓。谭均培当场将索贿的门子投入大牢。第二天，全署的门子都"请假告退"了。

门子罢工示威，给人以深刻警示。成有因，败有因；建造有因，拆毁有因。

咒诅恶的事物是因为人类还没有真正地认识恶。

能揣算人生的是人类，能揣算宇宙的是上帝。

除去一切问题，我们还剩两个问题，我们从哪里来？我们又到哪里去？

一天，有人问佛陀说，佛死了以后到哪里呢？

佛陀微笑，不说一句话。

以后，又有很多人问佛陀同样的问题，佛陀还是不回答。终于，佛陀说，点上一支蜡烛拿过来。

弟子按佛陀的指示，点燃了一支蜡烛，走近佛陀，由于怕风吹灭，就用手遮盖着。

佛陀说，不要遮盖，该生的生，该灭的灭，遮盖有什么用？

佛陀吹灭蜡烛，说，你们有谁能够回答，光到哪里去了？

弟子们谁也答不上来。

佛陀说，佛死了就消灭了，他是整体的一分子，分子去了，整体还存在。

人类关心的往往是某些分子，却时常忽略了整体的存在。

一百年前干过什么我们不记得，一百年后能干什么我们更不知道。

切不可忘记，世界是这样的：天高远不可测，地深厚不可量；人狂妄不可救，神失望不愿助。

苦难加临到勇士的头上，正是不可缺少的功课。

真正担心的不是哪一天地球上出现了重大自然灾害或世界大战，而是人类在思想上被引入歧途。

实际的情况与我们的想象有很大的出入，真实的与虚拟的可能正相反。

孔子带着弟子一行人周游列国。有一天，赶车的人突然勒住缰绳，车子停下了。孔子问："为什么停车？"车夫说："前面有一群小孩挡住道了。"孔子说："叫他们让开道不就行了。"子贡跳下车，对那一群小孩说："你们这些小孩在路上玩耍，车来了，你们应该让道啊。"领头的小孩说："你们凭什么让我们让道？"子贡说："你们知道这是谁的车子吗？这是孔夫子的车子。孔子也下了车，见小孩子们在垒城堡，他摸住一个小孩的头说:"小朋友,请你们把石头挪开,大人们要从这里过去。"

小孩说:"我们在筑城呢,不能让道。"

孔子说:"那好吧,我问一个问题,你要是答不出来就让道。"

小孩说:"你问吧。"

孔子问:"父母与夫妇谁亲?"

小孩答:"夫妇亲。"

孔子说:"不对。没有父母哪有后代?"

小孩说:"夫妇亲。没有夫妇哪有儿女和父母呢?"

孔子说:"父母从小抚育儿女,操尽了心。"

小孩说:"夫妇恩爱几十年,男耕女织,一日夫妻百日恩。"

孔子见不能说服小孩,便说:"神童在上,老夫有礼了。我们有要事,让我们过去。"

小孩理直气壮:"你没有问住我,我倒要问问你这个圣人。请问自古以来,是车让城,还是城让车?"

子路说:"你这是城吗?是小孩们的游戏。"

小孩说:"这是城。你们应该让城。"

过了一会儿,小孩说:"既然你们周游列国,想必学问很大了。"

孔子说:"是呀。"

小孩问:"天上的星星有几颗?"

孔子说:"天上那么多星星,谁能数得过来呀?"

小孩说:"你的眉毛有几根?"

孔子说:"眉毛我又看不到,咋能知道多少根呢?"

孔子对小孩的才智大吃一惊。便说:"你这么聪明,跟我们一起干大事怎么样?"

小孩说:"干什么大事?"

孔子说:"治国平天下呀!"

小孩说:"天下不可平。你把山林平了,鸟兽就失去了自己的窝;你把江湖平了,鱼虾就失去了自己的窝,你能平天下吗?"

孔子目瞪口呆。

没有永远的神圣。在我们看似神圣的东西,其实都是有限的。

不寐又叫失眠，虚证为多梦易醒，实证为食少胸闷。一是想得多，一是吃得少。

虚拟世界的设置让这个世界更加光怪陆离。标新立异、特立独行的将越来越多。乳房、生殖器、大便、毒品都可以充斥网络界面，离经叛道已经成为这个时代的特色。

故事是人编的，事故是人造的。

贝利跟着妈妈上街，街上人很多。走着走着，贝利突然看到一个中年男子没有头发，贝利看清楚了，不是剃掉的，是原本就没有头发。头发全掉光了。贝利对妈妈说："妈妈，快看，那位叔叔头上没有头发耶！"

"不许胡说！"妈妈大声呵斥贝利。

"妈妈！"贝利诧异地看着妈妈。平时慈祥的妈妈很少像今天这样对贝利大声说话。

"那位叔叔不知道自己的头发掉光了吗？"

"知道。"

"那为什么不让别人说呢？"

妈妈不吭声了。

一会儿，贝利和妈妈来到超市门口。一位大肚子妇女，从里面慢吞吞的往外走。贝利说："妈妈，我上次问你的问题你还没有回答我呢。"

妈妈说："什么问题？"

贝利说："你说我是从你肚子里生出来的，那你怎么那么狠心把我吃进肚子里呢？"

妈妈愣了愣，说："孩子，妈妈是在超市把你买回家的。"

妈妈用手比画了一下，跟一个小西瓜差不多。

贝利眨了眨小眼睛说："你确定吗，妈妈？"

妈妈说："我确定。我买回家的我还不能确定？谁从超市买回去，那这个小乖乖就成了谁的孩子。"

贝利一脸困惑。低着头半天不说话。突然，贝利说："妈妈，一会儿我们回家，你把从超市把我买回家的发票找出来，让我看看好吗？"

妈妈和超市的工作人员都大笑了起来。

我们不仅习惯于遮盖缺点，更习惯于对天真无邪的孩子撒谎。殊不知，谎言就从此开始。

说话使人类和猴子区别开来，语言源于 FOXP2 基因的变异，人类会说话是个"意外"。

般若波罗蜜多咒。

即说咒曰：揭谛、揭谛、波罗揭谛；波罗僧揭谛，菩提萨婆诃。

1. 梵语 Bodhisattva（菩提萨埵）音译的简称。菩提即觉，萨埵指一切众生。原指释迦牟尼修行时尚未成佛时的称号，后来泛指所有拥有菩提心的修行者和自度度他的大乘思想的实践者。所有菩萨的最终修行目标为证悟菩提、究竟涅槃，达到最高圆满境界。菩萨修行为 12 阶位，最高阶位即等觉菩萨。证果和成就可视为佛。

2. 梵语 prajñā，汉译为 bō rě，智慧之义。即彻观宇宙本来和人生真相的智慧、引导六度万行的智慧。般若波罗蜜，即在般若智慧的引导下实行布施、持戒、忍辱、精进、禅定、般若，六度万行，才是成佛资粮。说明般若在成佛道路上的重要性。要想超脱轮回、解脱生死，必须依靠般若智慧。

3. 六十四卦之一。为坎宫第四卦，上水下火，与水火未济（离宫第四卦）相对。喻事物的客观条件已经具备，按照事物的发展的正常规律运作就可以成功。

4. 五种情欲。由贪婪和追求色、声、香、味、触五种"物境"而起。《大智度论》卷十七："著五欲者，名为妙色、声、香、味、触"。佛教认为五欲是生死轮回的直接原因。摆脱的方式有多种，藏密的四大教派修习次第为：1. 发心，2. 拜师，3. 灌顶，4. 习经。道教衍用为耳、目、口、鼻、心之欲。

5. 根据中医五行归藏原理，苦味为火，脾属土，火生土，故可以补脾；肺属金，火克金，故可以清肺；肝属木，木生火，故可以疏肝；肾属水，水克火，故可以济肾。

6. 基督教认为，上帝在天堂居住，天堂也是信仰耶稣基督的人灵魂被接纳永享福祉的地方。伊斯兰教对天园的另称也叫天堂。天堂是某些宗教指正直者死后的灵魂居住的美好的地方。

7. 某些宗教认为犯有大恶的人死后灵魂的归属地。在佛教教义里，有所谓 18 层地狱，一说为八大地狱，各有 16 个小地狱，略分为等活地狱、黑绳地狱、众合地狱、叫唤地狱、大叫唤地狱、焦热地狱、大焦热地狱、无间地狱。

8. 语出《太平经》戊部五至十七。

9. 中国五声音阶中的宫、商、角、徵、羽五个音级。按照声母的发音部位划分的喉音（宫）、齿音（商）、牙音（角）、舌音（徵）、唇音（羽）。《礼记·乐记》第十九："凡音者，生人心者也。""情动于中，故形于声；声成文，谓之音。""声音之道，与政通矣。""宫为君、商为臣、角为民、徵为事、羽为物。""知声而不知音者，禽兽是也；知音而不知乐者，众庶是也。"

10. 比喻非常小的事物。最小的物为尘，十尘为沙，十沙为纤，十纤为微，十微为忽，十忽为丝，十丝为毫，十毫为厘，十厘为分，十分为一，十一为十，十十为百，十百为千，十千为万，十万为亿，十亿为兆，十兆为京，十京为垓，十垓为秭。

11. 印度婆罗门教名词。本义为真谛，又称世谛、世俗谛。谛乃真理，就现象而言，一切事物是"有"，这是顺世俗道理说的，这是"俗谛"；就本质而言，一切事物是"空"，这是顺着"真理"说的，这是"真谛"。

12. 梵语为 Trayo dhātavah。佛教将世界分为三种境界，一、欲界，三界最下层，即食欲、淫欲的众生居住之所；二、色界，欲界之上，已经脱离粗欲，只享受精妙境像的众生居住之所；三、无色界，在色界之上，脱离物质享受，只有精神存在于定心状态的众生居住之所。佛教认为，有情众生均在三界中"生死轮回"。"三界"为"迷界"，从中解脱、涅槃才是最高境界。

13. 在世界上出生的动物四大类别。一、胎生，依母胎所生，人与哺乳动物；二、卵生，依卵壳所生，鸟类；三、湿生，依湿气所生，虫类；四、化生，借业力无依托所生，诸天神、饿鬼、地狱受苦者。

14. 中国古代修身养性之法。养体、养目、养耳、养口、养志。《吕氏春秋·孝行》："养有五道，修宫室、安床第、节饮食，养体之道也；树五色、施五采、列文章，养目之道也；正六律、和五声、杂八音，养耳之道也；熟五谷、烹六畜、和煎调，养口之道也；和颜色、说言语、敬进退，养志之道也。此五者，代进而厚用者，可谓善养矣。"佛教谓天、人、畜生、饿鬼、地狱为五道。

15. 六种偏弊。《论语·阳货》"子曰：'由也，女（汝）闻六言、六弊矣乎？'……'好仁不好学，其蔽也愚；好知不好学，其蔽也荡；好信不好学，其蔽也贼；好直不好学，其蔽也绞；好勇不好学，其蔽也乱；好刚不好学，其蔽也狂。'"佛教称六种阻碍善行的意识和行为：一、悭贪，蔽复布施；二、破戒，蔽复戒行；三、瞋恚，蔽复忍辱；四、懈怠，蔽复精进；五、散乱，蔽复禅定；六、愚痴，蔽复智慧。《大智度论》卷三十二。

16. 中国古人对日、月与金、木、水、火、土五大行星的合称。七曜也代表星期，日曜日为星期日，月曜日为星期一，火曜日为星期二，水曜日为星期三，木曜日为星期四，金曜日为星期五，土曜日为星期六。

17. 大乘佛教唯识宗对内在心识所作的八种分类。一、眼识，二、耳识，三、鼻识，四、舌识，五、身识，六、意识，七、末那识，八、阿赖耶识。前五识为感觉，以世界的色、声、香、味、触为对象；第六识为综合感觉所形成的知觉和思维，以世界为对象；第七末那识，是第六识的根源，其作用是把第八识当做实践的自我意识；第八阿赖耶识是世界的精神本源，它包含着一切现象的种子。整个现实世界即由八识的作用而存在和变化。

18. 中国先秦学术流派。儒、道、阴阳、法、名、墨、纵横、杂、农。中国历史上曾经划分医、卜、星、相、算、数、推、测、流为九流，上九流为佛祖、仙、天子、宰相、将、官、工、商、农；中九流为举子、医、地理、推、丹青、相、僧、道、琴棋；下九流为娼、盗、巫、媒、剃、戏、耍、唱、吹手。

19. 中国历史上封建统治者规定的十种罪名。谋反、谋大逆、谋叛、恶逆、不道、大不敬、不孝、不睦、不义、内乱；佛教认为有十项罪业：杀生、偷盗、邪淫、妄语、两舌、恶口、绮语、贪欲、瞋恚、邪见。《法界次第初门》。

20. 涅槃为解脱、熄灭之义。佛教含义为摆脱生死轮回、痛苦和烦恼之后达到的一种境界，要熄灭人的欲望才能摆脱痛苦和烦恼。小乘佛教认为，只有出家过禁欲生活才能达到涅槃境界；大乘佛教认为，达到涅槃也同样没有脱离生死羁绊；中观派认为，涅槃是认识世界的真实面目，离开现实世界去追求涅槃，结果是越追越远。真正的涅槃是不能离开现实世界去实现的，不仅自己追求涅槃，还要帮助其他的人追求涅槃，才是涅槃者的真正作为。

21. 神话中称天神的使者，基督教"上帝使者"译称。基督教认为天使是受造的无形神体，无性别之分，负有服侍上帝、传递神旨、保佑义人等使命。天使的堕落者则被罚下地狱，称为魔鬼，如撒旦。在伊斯兰教中的六大信条中，信天使是信条之一。伊斯兰教认为，天使是一种妙体，用光所造，无性无累，不饮不食，数目众多，神通广大，遵奉安拉之命，履行赞美安拉、主管天体运行、记录人类善恶言行等职责，负责传达安拉启示的吉卜利勒最为著名。

# 二

只要权贵仍然作为某种资源和势力存在这个世界上，文学就仍然有责任提醒和鼓励人们藐视它；只要贫穷仍然司空见惯地存在这个世界上，文学就仍然有责任提醒和鼓励人们改变它；只要丑恶仍然恬不知耻在这个世界上横行，文学就仍然有责任鞭策世人秣兵厉马，使丑恶的行为到处遭人齿冷；只要善良仍然像侍女一样在阴森的宫殿里受魔鬼使唤，文学就仍然有责任施以援手，结束这"夜的黑"。

《纽约时报》驻莫斯科记者赫德里克·史密斯写的《俄国人》一书记录了这样一件事：勃列日涅夫的侄女柳芭在回忆录中谈到，在一次聚会上，勃列日涅夫对他的一个朋友说："什么共产主义？那就是哄哄老百姓听的空话。"哄老百姓的话，从勃列日涅夫的嘴里说出来，非同小可。由此可以推断，苏联的解体与其领导人的懈怠和乖张分不开。

勃列日涅夫在卫国战争期间，任乌克兰第四方面军政治部主任。1947年，任第聂伯罗彼得罗夫斯克州委第一书记。1950年，任摩尔达维亚党中央第一书记。1952年起三次任苏共中央书记，1960年起任苏联最高苏维埃主席团主席，1964年起任苏共第一书记，1966年起任苏联共产党总书记，1976年获苏联元帅衔，1977年起兼任苏联最高苏维埃主席团主席。

就是这么一个显赫的人物说出了如此离谱的话，苏联的解体固然有这样那样的原因，但其中一个原因不容忽视，革命统帅变成了居功自傲、头脑膨胀的俗人了，国家大厦的分崩离析也就不奇怪了。

在 MSN 上聊天，感觉还可以。但直觉告诉你，她在你的大脑里还处于混沌状态。给你发来图片，这是表象，注意她是因为她有丰乳肥臀，三围是 26‐24‐26。从此，在你记忆的模板上刻下烙印。你想着与她亲近，下雨的那天，你与她见了、抱了、吻了、摸了、挺了、脱了、做了、射了、洗了。她说，流氓！你的思维告诉你，她也不是贞女。从此，你不聊天啦，不聊就是无聊，无聊就是悟了。牵你的被你牵，意志终于在你的心田安家。这些都是动态心理过程。

心重十二两，377.5 克，心属火，火燃则多笑，多笑则火克金；肺重三斤三两，1593.75 克，肺属金，肺动则哭，多笑者必多哭，多哭为肺金动，金动则伤肝；肝重四斤四两，2125 克，肝属木，肝开窍于目，过悲则目盲，目盲则肝窍幽闭，肝窍闭则不纳肾水；肾重一斤一两，531.25 克，肾属水，肾水开窍于耳，肾水足则耳聪，目盲则无不耳聪。心开窍于口舌，心窍闭则哑；心火不温肾水，肾水冷则其窍闭，肾窍闭则聋。故十哑九聋[1]。

上帝，六天犯错误，第七天守礼拜忏悔，这样的规矩应该改一改，要不人类会这样想：上帝宽容，做啥都行。

上帝非常游手好闲，因为世界上的很多事情他都不管。上帝又经常装聋作哑，因为世界上很多违背他诫命的人都没有受到惩罚。这可不是一个全知全能的上帝的作派。

红轮决定沉西去，未审魂灵往哪方；若然没有归魂地，寂然不动又何妨？

想上天堂的人从来没有好好思量一番，上天堂以后他能干什么？想成佛的人也从来没有好好思量一番，成了佛以后他又能做什么？

去天堂之前，你要想清楚，别因为天堂里幸福得无聊而后悔。

很多地方是禁止乞丐要饭的，我们社会的问题不在于产生了乞丐，而在于不让乞丐要饭。

营养学家都忽视了这样一道营养丰富的菜——"心平气和"。

从世界人口数目不断增长来判断，上天堂和下地狱的人都太少了，很多动物都投胎做人啦。要不为什么动物越来越少，甚至灭绝，人却不断增长？在中国，皇帝是置于各路神仙之上的，神仙的封号都是皇帝给的。所以，今天我们看到的因果故事，没有一则是皇帝受到果报的，虽然他当皇帝的时候杀人无数。

鼻子上戴环的是牛，脖子上戴环的是狗，手脚上戴环的是罪犯。

把人的眼、耳、口、鼻连接在一起，是一个钻石的图案。上帝，您不仅给我们留下了一个又一个谜团，还给我们留下隐喻。每个人的脸都能连接成一枚钻石，是让我们珍惜这天功地德。

1928 年，沈从文被胡适聘为中国公学的讲师。26 岁的沈从文，当时的学历仅仅是小学文化，刚刚来到上海，过人的才气震惊文坛。但是，第一次上讲台的时候，除了原班学生，慕名来听课的人很多。面对台下的一大群人，大作家整整十分钟一句话也说不出来。原来准备好的一个课时的课，被沈从文在十分钟之内就讲完了。他在黑板上写道："今天是我第一次上课，人很多，我很害怕"。

我们需要才气，但诚实比才气更重要。

生命的第一要求是先要摆脱生的烦恼、死的恐惧；爱的忧伤、恨的愠怒；得的喜悦、失的怅惘。

我没有烧过别人的书，没有活埋过读书的人，所以，我比某些帝王宽容。很多帝王的作为让我们无法和他们的身份进行链接，他们的凶残比稀树草原上的食肉动物有过之而无不及。

有那么多无家可归的人，却没有任何一个组织站出来负责；有那么多冻死街头的人，却没有任何一个机构站出来忏悔。

社会的丑恶，法律的延迟不是因为上帝能力有限，便是因为上帝玩忽职守。

上不畏天，下不畏地，中不畏人，这样的人要离他远远的。

直立动物的五脏都挂在脊椎上，五行端正，能分辨善恶美丑；四蹄行走的动物脊椎平行于地面，五脏的分布与直立动物差距很大，想法也与直立动物自然不同；植物的种子在地下，慢慢向上生长，心身倒悬，想法和动物相去更远。

甲骨文、金文、篆书的"人"是自右向左行走的人形，自阴向阳，是从地狱向天堂迈进；隶变后楷书的"人"是自左向右行走的人形，自阳向阴，是从天堂向地狱迈进。

在说"人民"这个词的时候，我们千万不要忘记，"人民"经历了多少磨难。在甲骨文中，"人"的双腿微微向前屈，上身向前倾 13 度，双手下垂几乎及膝，那是见到大人时的恭敬和礼貌；在金文中，"人"的双腿直立，臀部向后翘，双腿与地面成 3 度的倾斜，腿、脊梁和头成一条线向前倾斜 14 度，双臂下垂与肩成 85 度，那是见到王公时的恭敬和礼貌；在小篆中，"人"的两腿微微弯曲，脚和臀部形成一个小弧，腰部前倾，与两腿成 90 度角，头微微上抬，两手下垂及地，那是见到皇帝时的恭敬和礼貌。"民"是象形字，是一把锥子刺进眼睛，失去瞳仁的形象。在奴隶制社会，奴隶主把奴隶的左眼刺瞎，强迫他们劳动。

最香的一经腐烂便是最臭，最亮的一经崩溃便是最暗。

打开生命的盖子，竟与七个门有关系。用手递食物进嘴，经过双唇为飞门；牙齿咀嚼食物为户门；会厌吞咽食物为吸门；脾胃开动消化功能为贲门；食物经过消化，进入太仓下口为幽门；食物进入小肠大肠吸收为阑门；食物被吸收后成为粪便出下极为魄门。

谛听人籁，我们的听觉还可以；谛听天籁，我们的耳朵就显得有点吃力。不是我们陌生，而是我们太熟悉，正所谓熟视无睹，充耳不闻。

至阳者大善，至阴者大恶。阴阳调和才是中和。

波浪不惊需要大吨位的轮船，宠辱不惊需要大容量的气魄。

"二战"时期，丘吉尔在英国的一次公开记者会上，面对众多记者提问。

一名记者提出了一个令在场的英国政府官员都无法回答的问题，是一些战时政府工作的具体数字。

丘吉尔猛吸了一口雪茄说："我可以告诉你，你记住吧，是……"

事后，有人问丘吉尔，"你怎么能记住这些数字？"

丘吉尔微笑着说："现在是战争时期，等那位记者落实了那些数字，战争早结束了。"

随机应变需要大容量的智慧。

令人发抖的凶暴逞强施狂时，使我们惊恐焦虑，过分的恐惧使我们的肝胆进化，从此我们不再恐惧；令人忧伤的美丽惨遭戕害时，使我们泪如泉涌，过分的泪水使我们的泪腺退化，从此我们不再流泪。

鱼类和昆虫的教养让我们惭愧。沙丁鱼在遨游时，碰到狭窄处，按规矩，年轻的鱼在上层列队，年长的则从下层通过，从不横冲直撞；黄蜂在通过只能由两只同时来往的涌道时，空身的会自动让路给负重的。

2007 年，英国王妃要到美国访问。美国总统布什为表示欢迎的诚意，临时突击学习了不少英国皇室礼节，还到街上租了一套燕尾服。

堂堂一个国家的总统租燕尾服参加到访的外国元首的欢迎典礼，让我们大跌眼镜。事后，也没有媒体大鸣大放地给他叫好赞美。了解了美国的社会制度，我们才知道，美国就是这样规定的。总统也不能随便拿纳税人的钱随便定做衣服。

前英国首相布莱尔的夫人前往伦敦以北的卢顿主持庭审，怀孕的首相夫人到车站时，售票厅已经关闭，她没有足够的零钱从售票机里买票。到达卢顿以后，首相夫人立即告诉检票员，她没有买票，在卢顿，她付清了全部票款，又照章支付了 10 英镑罚款。为此，首相夫人又向公众道歉。贵为第一夫人，身怀六甲，也不搞特殊，做到了法律面前人人平等。

制度比美德更可靠。坏的制度可以使好人变坏，好的制度却可以使坏人变好。

等到世界无声，心动的声音才能倾听。

帽子和幞头是人工的装饰，鸡冠和孔雀身上的花纹是天然而成。人类远比动物虚伪。

伏羲六十四卦横图显示了黑白阴阳刀枪的图形，从匕首、砍刀、梭标、手枪、步枪到机枪大炮应有尽有。阴阳和谐，则黑白枪支背与背相靠，枪口朝上，同仇敌忾、亲如兄弟；若阴阳对立，则黑白两个阵营枪口相对。不仅如此，黑的阵营和白的阵营各有 62 组自我混战，阴与阳的首领是一黑一白两门炮在对打，两组阴阳用机枪在打，四组阴阳在拼刺刀，8 组阴阳用斧钺在砍，16 组阴阳用砍刀在挥舞，32 组阴阳在进行肉搏战，阴阳的和谐和对立就是和平与战争的形象表达。

由于人类的脆弱，产生了宗教。人想靠神的力量趋吉避凶、长生不老。有宗教信仰的人比没有信仰的人更坚定。信仰是一种心理防御机制，它可以缓冲灾难给人造成的巨大压力。

相信上帝是不折不扣的安慰剂效应[2]，安慰剂效应能治愈 40% 的疾病。

在中国汉代，九流是这样划分的：儒家、道家、阴阳家、法家、名家、墨家、纵横家、杂家、农家。一千多年过去了，为什么仍然有那么多人轻视农民工？

因为弱小，所以想嫁高大的老公；因为强壮，所以想娶温柔的老婆。因为宽容，上帝为你搭配泼妇；因为无赖，上帝给你搭配贤妻。因为富贵，孩子才奢侈，孙子才要饭；因为贫穷，孩子才立志，孙子才显耀。至此，人间才得以平衡。警惕富贵，欢迎贫穷。

铁托的妈妈生了15个孩子。当时，奥匈帝国统治下的前南斯拉夫克罗地亚地区异常贫穷，铁托所在的库姆罗韦茨村，又是克罗地亚地区最贫穷的村落，铁托有8个兄妹先后夭折了。

铁托从小就是硬骨头，骨子里有一种天生不服输的劲头。7岁的时候，铁托就是家里的劳动力。每天去田里放牛，一天下来，铁托总是累得浑身酸疼，即使这样，家里的口粮还是不够吃。妈妈总是拿出很小的一片面包给铁托。铁托吃了，肚子还是咕咕直叫。妈妈看着孩子们吃不饱，常常偷偷流眼泪。妈妈也不忍心但是家里太穷了。

妈妈怕孩子们偷吃面包，就把面包锁在厨房的一个小柜子里。一天一天过去了，弟弟妹妹一个一个饿得黄皮寡瘦，想到不定哪一天弟弟妹妹会突然饿死，铁托的心里在掉泪。

终于，一天晚上，铁托偷了妈妈的钥匙，悄悄打开房门和柜子，拿了几片面包，分给弟弟妹妹，而他一口也没吃。他很欣慰，但对妈妈，他感到内疚。就在以后放牛的日子帮妈妈挖野菜，给妈妈"赎罪"。

警惕富贵，欢迎贫穷。

死亡并不是什么灾难，它更像人类躲避灾难的避难所，选择死亡就是逃避和解脱。

人常说不怕死，恰恰是非常在乎死，说怕死或不怕死，都是把死当成重大事件在讨论。

因为寒冷，所以穿衣；因为炎热，所以洗澡。因为丑陋，所以化妆；因为不足，所以吹嘘，因为充实，所以谦让。

男人的皱纹是人生沧桑，女人的皱纹是人老珠黄。

爱情是酸性的，仇恨是碱性的。

人类是在弄出了上帝之后，膝盖才容易弯曲的。

快乐是高山，痛苦是深谷，在心里面，将高山移进深谷，随即就是平原。

狗的尾巴向左摇表示受惊，向右摇表示快乐；交警左手伸出，示意对面的车流停止行驶；右手做出动作，示意车流从右向左行驶。众生都遵守阴阳的规则。

曼德拉小时候经常去放牛，给每头牛都取了好听的名字。他赶牛不用鞭子，而是喊牛的名字，牛就走到曼德拉身边，听候他的使唤。

有人很奇怪，牛怎么会听懂人说话呢？在曼德拉放牛的时候，他们悄悄地跟在他和牛的后面。牛停住吃草的时候，曼德拉就背一些诗歌给牛听。童音随风飘动，牛好像听懂似地柔顺地摆摆耳朵和尾巴。

牛吃饱以后要反刍，曼德拉站在牛的头部，轻轻的和牛说话。他摸住牛的头和耳朵，好像在说："吃饱了吗？味道好吗？"

小朋友们觉得太奇妙了。他们唧唧喳喳地问曼德拉"你咋对牛那么好呢？"

曼德拉笑着说："牛也是生命，也要有属于自己的快乐。众生都应互相尊重，社会才能真正和谐。"

瞪眼的执著使我们的眼睛弱视，伏案的执著给我们带来颈椎病、肩周炎、腰肌劳损；站立的执著给我们带来静脉曲张，行走的执著给我们带来鸡眼、脚垫；做爱的执著给我们带来盆腔炎、梅毒等疾病。

我们的身体是一个奇妙的组合体。至今为止，我们对自己的身心都知之甚少。可笑的是，我们每个人都自以为是。

无善无恶，心神安静；无毁无誉，精气和平。


1. 中国古代的一斤是十六两，一两为 31.25 克。

2. 利用安慰剂作为药物引起的生理或心理状态的变化。医学及心理学常常用安慰剂效应治疗心理疾病及某种特定的生理疾病，能收到良好的效果。

# 三

住高层房，穿高跟鞋，用高压锅，听高保真，看高清晰，吃高钙奶粉，何以姿态最低？

20世纪90年代以来，中国各地建了不少摩天大楼。北京国贸三期高330米，财富中心高257米，银泰大厦高248米。上海有4000多座摩天大楼，金茂大厦高420.05米，环球金融中心492.5米，迪拜的哈里发塔828米，这个高度不久就会被其他城市的大厦盖过去。我们在不断提高楼层高度的时候，对高楼的维护费是否有足够的心理准备？金茂大厦每平米造价两万元，总投资50亿元，24亿元为贷款，以65年计算，管理费为建设投资的三倍，每天的管理维护费用为100万元人民币。

从建设楼房楼层的高度可以看出人类的攀比之心和争强好胜之心，我们秉承的一些理念都值得我们去思考，我们为什么一定要更高、更快和更强呢？难道除了一流就没有其他选择？二流、三流和末流怎样在这个世界上生存？我们不要一味地褒强抑弱，这样下去，我们社会的每一分子会处于一种神经紧绷状态，"不白活一回"不能理解为单争第一，人类除了竞争还有协作。狮子虽然勇猛，还需要协同作战。韩国人茶山丁若镛在写给两个孩子的信中，有一段这样的话："男子汉应该具备猛兽一般骁勇善战的气概，而后柔和地运用法度行事，就能成为有用之才。"

一万年以后也有左中右，这就是大自然的法度，也是人类社会的法度。放下高贵的头，放下高贵的屁股，让我们坐在地上，聆听大地的脉动，发动灵魂的革命。

蹦极、拳击、柔道、搏击，人类热衷的是动物已经厌倦了的运动。

从逃学到逃票，从逃税到逃兵，从逃逸到逃亡，从讨饭到逃命，我们唯独不讨论何以如此?

我们突然一个个成了孩子,洗胃、洗肠、洗头、洗脚、洗牙、洗面。都不让我们动手,洗手间、洗钱例外。唯独没有洗心店,当我们突然被人绑架,用绳索捆绑,也是不让我们动手,胶布贴住嘴,不让我们动口是因为我们平时手太黑,还是我们经常胡说八道?

用微软,骨头别软,骨头不软,为何有那么多补钙广告?

失去了方向,宝马也不好骑;没有了目标,你向何处奔驰?

装修店面,不如装修心房。

有一个大财主,生养了七个女儿,一个个长得跟天仙一样,家里一来客人,财主就把女儿们叫出来,给客人显摆,他想听到客人的赞赏。

这一天,财主家来了一位客人,财主又跟这位客人显摆自己的女儿,客人说,你给你的女儿穿上最好的衣裳,到街上行走,有人说她们美丽漂亮,我就给5000两银子,有人要说谁不漂亮,你就给我5000银子,财主说,这没问题。

财主给每个女儿都穿上好衣裳,带着她们走在街上,不知不觉来到佛祖面前。

财主问佛祖,你说我的女儿漂亮不漂亮?

佛祖说,不漂亮。

财主说,人家都说她们漂亮,唯独你一个人说不漂亮。

佛祖说,他们看的是你女儿的容貌,我看的是你女儿的心灵。

形体如果失去了灵魂的滋润,就会变成酒囊饭袋,一文不值。

手戴拳套的拳击手,能将对手打得皮开肉绽;摘下拳套的拳击手,具有多么大的威力,我们就可以想象。人类是野蛮而又凶残的动物。

人类的生命短暂,不要抱怨,因为在我们的葬礼上有人默哀。上帝的生命漫长,但是,他的葬礼没有人参加。要是上帝不死,那就更可怕了,寂寞的景遇在所难免。短暂的生命对人类具有巨大而永恒的意义。

上帝,不管你有多么强大,一旦触动了我们的泪腺,我们会视死如归。所有让我们望而却步的事物都不复存在。

没有人告诉我们,人生究竟该如何。且不说过去的经典如何自相矛盾,即使当代的大师也不能给我们指路。

小泽征尔是世界著名的日本指挥家，他对交响音乐的理解和领悟比一般指挥家深刻。

有一次，在以冯·卡拉扬命名的世界优秀指挥家大赛决赛中，业界评委精心设计了"圈套"，希望以此检验指挥家的功力，在这个设立了"圈套"的比赛上，许多著名的指挥家接二连三地被淘汰。

轮到小泽征尔上台演奏，他接过大赛评委会给他准备好的乐谱，指挥乐队演奏。突然，他发现在演奏中出现了不和谐的声音，虽然只出现了一次，他还是确认为错误。一开始，他以为是乐队演奏出了问题，就停了下来，挥手让乐队重新演奏，但他一听还是不对，他认为乐谱是有问题的。这时，作曲家和评委会权威人士都坚持说，乐谱是没有问题的，是他错了。

小泽征尔面对一大群音乐权威，飞速思考。最后，他断然说："不，一定是乐谱错了！"话音刚落，所有评委席上的评委都站起来给他鼓掌，祝贺他成功夺魁。

大赛评委设计的"圈套"就是，每个参赛选手面对的都是有错误的乐谱，一旦被质疑，立即让权威人士否定，看选手是否能坚持自己的判断。

迷信权威，不怀疑权威，正是我们的时代特色。我们缺乏的是杀死"圣牛"的勇气。

假如人人都上天堂，地球就成了无人的操场。

假如人人都下地狱，上帝岂不成了宇宙的装潢，阎王爷最吃香？

下跪是因为腿软，头痛是因为心烦；浮躁是因为幼稚，张狂是因为无知；自杀是因为心死，乞讨是因为无奈；偷窃是因为恩断，抢劫是因为义绝；失败是因为失算，成功是因为有道；傲慢是因为虚荣，吹嘘是因为不足；祷告是因为脆弱，哭泣是因为伤心；天真是因为无邪，下流是因为无耻；顽固是因为执迷，叛逆是因为清醒。

贝多芬在维也纳时，曾受到李希诺夫斯基公爵的倾慕和照顾。他非常感谢公爵，但并不会因此而出卖尊严。

有一次，公爵要贝多芬去参加一个演奏会，那是为占领维也纳的拿破仑军队的军官演奏的，贝多芬拒绝了。公爵一定要贝多芬演奏，这激怒了贝多芬。他回到家里，把案头上的公爵的半身塑像扔到地上，摔了个粉碎，并给公爵写了一封信："公爵，你之所以成为公爵，是由于偶然的原因，贝多芬到现在，就靠我自己。公爵现在有的是，将来也有的是，而贝多芬只有一个。"

世间万物用心去鉴别，世间万物也可以鉴别心灵。

当知道玫瑰花是情人用鼠标复制并通过网络发给你的图案时，你将作何感想？

不因美丽而所动，不因凶恶而所惧；不因平庸而所嫌，不因伟大而所谀。

文字的大厦由我们的祖先辛苦创建，我们却一面喝着咖啡，一面敲击键盘打字。原来毕恭毕敬的写字到现在完全变了味道，很快，我们中的大多数将不会写字。圣贤发明的文字，都被我们从大脑的记忆库里"打"跑了。

长时间用高压锅做饭，用高压气枪充气，用高压水枪洗车，压力太大了，所以穿休闲服。

长时间穿正装，一遇聚会，穿得跟新郎官儿似的，太拘谨了，所以穿乞丐服。

长时间在街头乞讨，一遇行人即叩头，太下贱了，所以，到晚上就换上西服革履，泡舞厅，吃摇头丸，以缓解颈椎的疼痛。

长时间急头乖脑，心情浮躁，追尾刮蹭，出手便打。

心的钟摆一旦生锈，时间的刻度必然有错，时间错误，行为必然乖张。

斯托夫·科特乘公交车去上班，他坐在了一个座位上，翻开报纸看当天的新闻，车到第六站的时候，上来了一位老太太，这时座位已经坐满，老太太站在他身边，攀着扶手，他还在看报纸，一点儿也没有觉察旁边的老太太。

等到斯托夫下车的时候，才发觉自己的疏忽，他向老太太道歉，老太太说，没什么。这时有人将这个情景拍了下来，发送给电视台。电视台播了这段影像，公众很不满。斯托夫来到电视台，接受了现场质询。他向众人解释，观众不买账，纷纷打电话给电视台，问斯托夫，"难道你忘记了在任何场合，应该给老人让座这一行为规范吗？你借用看报的理由，实际

47

上是不愿意让出座位，我们有理由怀疑你，可能有其他不为人知的不道德行为"。

第三天，斯托夫·科特递交了辞呈，他原本是芬兰拉毕省行政管理署高级主管。

品质的修炼是一辈子的事情，时时不断地给自己敲警钟，才能有所进步。

海鸟将头扎到水里是寻找食物，人跳街舞头朝下在地上旋转也是为了生存，这样高难度的动作，任何动物都望尘莫及。也真够难为人类的，我们不知道是应该鼓掌，还是掉泪？

一个人在台上喊，你们好吗？万人齐应，我们好好。一个人在台上说，掌声，台下即万人鼓掌。这也与动物相似，一只鸟扑棱一下飞上空中，成千上万只鸟便跟着飞上天空。一匹斑马撒腿狂奔，成千上万只斑马也跟着狂奔。那只鸟被蝎子蜇了一下，那匹斑马闻见了狮子的气味。如此推理，喊着要掌声的人是内心空虚才跑到台上吼叫，下面成千上万的人内心浮躁才聚在一起鼓掌。这样持续三个钟头，会出现耳鸣、脸热、手掌发麻、膀胱胀疼的症状。治疗处方：先刮沙尘暴，叫台上台下的人张不开嘴，再下暴雨，浇灭虚火，每人打三个喷嚏，喷出毒素，回家喝一碗开水，蒙头盖被12个钟头即好。代价是，因为迟到、旷工、旷课，扣发当月奖金，取消年度评奖。

学会文与武，卖与帝王家。所有的教育，都在培育文武才子为帝王服务，没有一本书是教人如何成为帝王的。

人脱衣值钱，狗穿衣值钱；人赤膊上阵，狗穿衣修行。

如果宠物医院、宠物美容院开得满街都是，人的医疗却没有保障，那迟早要出问题。

如果运动不迈步，交流不张嘴，那迟早也要出问题。

如果把老虎关进笼子，人却跑到森林里，那问题也是明摆着的。

天然和人工的区别在于，天然作品极少有几何图形，人工作品却极形式为能事。

放弃毛笔写字，改用钢笔写字，用电脑打字，效率是提高了，真性却渐渐丧失。运用极其柔软细弱的狼毫，写出心灵的爱恨喜怒，需要胸藏万斛珠玑。横平竖直代表木，木主仁，不仁的人横写不平，竖拉不直；尖锐的笔画代表火，火主礼，无礼的人写不好尖锐的笔画；方正的笔画代表土，土主信，失信的人写不好方正的笔画；钩挑的笔画代表金，金主义，无义的人写不好字的钩挑；起伏的笔画代表水，水主智，无智的人写不好柔顺的笔画。仁义礼智信都在一字之中。

曹操在华容道上走投无路，撞上关羽。关羽挥动大刀，又将大刀收起，放了曹操。此事事出有因。

关羽曾中曹操的计，被张辽陈述利害关系，答应投降曹操。提出了三个条件，一、只降汉帝，不降曹操。二、两位嫂子要按皇叔的俸禄侍奉，闲杂人员不能出入府内。三、只要知道大哥刘备的去向，就去与大哥相会。

曹操答应了前两条，第三条不答应。

张辽劝曹操，曹操答应了。曹操给关羽整了一座大宅，送了美女财宝，想软化关羽，他不知道关羽是"身在曹营心在汉。"

张辽对关羽说："刘备比不上曹丞相对你好，你咋还想着刘备呢？"

关羽说："我和大哥生死与共，大哥对我有厚恩。我啥时候知道大哥的下落，就啥时候跟随大哥去。"

不久，有人报告曹操，关羽走了。有一个将领自告奋勇要去抓关羽，被曹操喝退："关羽是大丈夫，你们都要向他学习。"

曹操听取了张辽的建议，去给关羽送路费，做人情。

曹关相遇。

曹操说："将军是不是走得匆忙了些？"

关羽说："我说过，只要知道我大哥的消息就去找大哥的。"

曹操说："你是大丈夫，我不杀你，是来给你送盘缠的。"

关羽用青龙刀尖挑了锦袍，致谢远去。

曹操的手下议论说："为什么不抓关羽呢？"

曹操说："我一言既出，驷马难追，放了关将军吧。"

我不怀疑这个故事的真实性。"仁义"二字在这里得到了具体的诠释。我要说的是，关羽以曹操的"仁"遮挡了自己对整个社稷江山的判断。如果关羽杀了曹操，关羽就成不了"关公"，但却终止了曹操的命运，改变了三国历史。对曹操来说，关羽是一个"知恩图报"的大丈夫；对刘备来说，关羽是一个犯了大错的将军。曾经被奉为神明的历史人物在今天会有新的评说。

断腿的斑马、长疮的长颈鹿和被同类挠破鼻子的狒狒，依然无忧无虑地跳跃，没有丝毫的沮丧和痛苦。动物在面对疾病和伤害时的镇定让人吃惊，相比之下，人类的"修炼"显得不值一提。

心为火，木生之。一堆木柴，虚其心，点则火燃，满其心，燃则渐灭。何以至此？原因有二：不虚心则火很快将木柴隙缝里的氧气透支；其次，堆放的木柴会因为加热而将土壤里的水分蒸发出来，使木柴生潮，更难燃烧。"虚心"多么重要。

爱在哪里，哪里就是天堂；恨在哪里，哪里就是地狱；心在哪里，哪里就是港湾。

我们都喝牛奶长大，从未听说哪只牛是喝人奶长大的。是人类在度众生，还是众生在度人类？

人类一边造星，一边练习跪蒲团。这是什么基因在起作用？夹尾巴的狗和低头的鸡都不会被对手置于死地，但在人类之中，情况则大不相同。无论低头不低头，都无法让对手停止攻击，人类是攻击性最强的动物。

万类霜天的魅力，不在于它自身，而在于它自身的联系。

魏武侯向李克请教吴国灭亡的原因。

李克说："屡战屡胜。"

武侯说："屡战屡胜为什么还亡国呢？"

李克说："屡次作战让老百姓疲于奔命，辗转迁徙，元气挫伤；屡次胜利使君主骄傲自大，骄傲自大的君主驱使疲于奔命的百姓，不亡国是困难的。君主骄傲就会放纵，放纵就会掠取财物，百姓就会心怀怨恨，心怀怨恨就会谋反，上下都会乱套，都走向极端。这就是吴国灭亡的真正原因。"

战争是政治的最后手段。已生者皆灭，已成者皆败。生灭成败都在飘忽之间。慎勿放逸，放开心量，就能让天地祥和。

字越写越简，心却越来越烦。

离开了泥土，你会发现，心灵会很快干枯。

心灵的开关安在眸子之间。

一个人写了很多书，一本一本都出版了。他得到了各种头衔。他非常满意。

一天，这个出过很多本书的人遇到一位老道士，他告诉道士说："韩愈有句名言，'一时劝人以口，百世劝人以书'。我出版了很多本书，我成功了。"

道士说："每一本书都有味道，你出的书有什么味道啊？"

这位作家迷茫地摇了摇头，说："我没有听说过说书还有什么味道，既然你知道，就说给我听听。"

道士说："书有三种味道。上等书刚出版的时候，没有什么味道。当人翻开它时，书就开始散发香味，看的人越多，书散发出来的香味越大。这种香味能使昏迷的人清醒，邪恶的人善良，贪婪的人知足，愤怒的人平静，黩武的人爱惜和平，这样的书在人间能够流传几千年；中等书刚出版时，翻开看，有些香味，过十几年或几十年以后就开始散发臭味了，无人再读了；下等书一出来就散发臭味，这种书能使清醒的人糊涂，明白的人困惑，作家们不要只顾出书的数量，而忽视书的味道呀！"

天堂和地狱的岔道靠心去识别。当你从事文化传播工作的时候更应该慎重，"防意不言，走尽邪路"。

色彩艳丽的东西往往是有毒的，从昆虫花鸟到人类，无不如此。

柔弱让我们流泪，强大却不能让我们低头。

幸福不是我们已经金玉满堂，而是我们曾经超越了苦难；幸运不是我们拔得了头筹，而是我们曾经一无所有。

威廉·劳伦斯·布拉格小的时候很穷，穿的衣服很旧，但学习很好。一些富家子弟就嫉妒他，因为布拉格除了衣服破旧之外，还穿了一双破旧的样式过时的大号皮鞋，他们造谣说，这双皮鞋是布拉格偷来的。

谣言越传越盛，学监知道了，他很生气。学校是绝对不允许这样的事情发生的。如果真有这样的学生，那是要被开除的。富家子弟在窗外偷笑，他们想着这个学习好的学生就要被开除了。在学监办公室，学监盯着布拉格的大号皮鞋，布拉格明白是怎么一回事了。他掏出一封信递给学监，学监打开信，信上这样写道：

"孩子，真抱歉，希望再过一两年，我的那双破皮鞋你穿在脚上就不会嫌大了。等你成功了，我会非常高兴，因为你是穿着我的破皮鞋成功的。"

学监向布拉格道了歉。

布拉格成功了，他获得了诺贝尔物理奖。

贫穷是一种境界，同时也是一种创业环境。在这种境界里，人有一种冷静的思维和心态。上帝给我们两只手，左手解粘去缚，右手抽钉拔楔；搅长河为酥酪，变大地为黄金。

只要目标没错，所有的挫折，都不能令我们止步。

财富的积累和寿命、品德不成正比，有时恰恰相反。

人性是水，蓄之以池则为方，积之以塘则为圆；疏之以渠则成条，泼之于地则无形。

1970 年，梁启超之子梁思成在协和医院得到了父亲早逝的真正原因。

1926 年 3 月，梁启超因小便出血，住进北京协和医院，确诊为肾肿瘤。医生建议，切除"坏肾"。手术的时候，却将右肾切除了。留下了左边的坏肾，病情很快加重。院方发现自己的过错，却没有将真相公布。梁启超在 1926 年 6 月 2 日的晨报副刊上发表了《我的病与协和医院》文章写道：

"据那时的看法，罪在右肾，断无可疑……割治后十天，精神已经如常，现在越发健实了。"

梁启超说假话是有原因的。

梁启超早年比较中西医的优劣，他极力推崇西医，基于对西医的推崇，自己生病了，就拒绝中医治疗。以此倡导西医乃至西学。

1929 年 1 月 19 日，梁启超去世。这正是历史的吊诡之处。一位倡导西医西学的人死在了西医的手术刀下。

我们原来心中神圣的东西会随着时间的推移渐渐被扯去面纱。

人出生在医院，由护士按顺序排上编号，死后在陵园的墓碑，都很整齐。唯独在活力十足的时候不守规矩。

嗔心重的人举足时，足趾比足跟先着地；向前跨步时，足跟向下，踏下时，足跟比足趾先着地。人的鞋跟越来越高，嗔心越来越重。

动物比人类更坚强，更有自信。你见过哪一种动物身上带有护身符？

人类虽然可以造出能吃的金箔、银箔，但仍然无法使排泄物不散发恶臭。

穷的概念，古代和现代是不一样的：古代的穷人，意味着躬身在洞穴中；现代的穷人，意味着在洞穴中出力。

手握竹管，让狼毫饱蘸黑色的液体，平动、提按、绞转，没有钟张羲献[1]，没有颠张素狂[2]，没有颜柳欧赵[3]，没有米黄蔡苏[4]，只有奔突流变的激情在上下五千年里跳跃；在地球上、在银河里、在茫茫宇宙中游动挥洒。时而浅唱低吟，时而电闪雷鸣；思维的音符散落在历史五线谱的各个角落，思想的双翼在时空的隧道里往来穿梭，无尽的思辨如黑夜中的星光晶莹闪烁。

放声高歌，丝弦是从公元前 42 世纪，不！是从寒武纪的冰山上传来的。它带着五音的苍凉、七色的绚烂；带着提炼的喜怒、结晶的爱恨，从唇齿喉舌之间，从身体中最柔弱的方寸声带之间发出。古往今来的人间之情，上下四方的三界之思，都从这里发出。那是志与情的呐喊，那是灵与肉的倾诉：

混沌开放兮天地成
天地设位兮万物萌
万物死生兮阴阳转
阴阳留存兮无始终

摇篮为山门
树叶是藏经
雨滴做木鱼
霹雳当洪钟
草茎搭天梯
何必穿芒鞋

致「上帝」的 E-mail

1. 中国书法家。钟繇（魏）、张芝（东汉）、王羲之（东晋）、王献之（东晋）。

2. 中国书法家。张旭（唐朝）、怀素（唐朝）；张旭以颠著名，称颠张；怀素以狂著名，称素狂。

3. 中国书法家。颜真卿（唐朝）、柳公权（唐朝）、欧阳询（唐朝）、赵孟頫（元朝）。

4. 中国书法家。米芾（北宋）、黄庭坚（北宋）、蔡襄（北宋）、苏轼（北宋）。

# 四

生在热带嘴巴厚，生在寒带鼻子高；生在山地眼窝深，生在平原颧骨平。

鼻通肺脏，勾鼻是肺中带刀；眼通肝脏，眼红是肝火常烧；舌连心脏，结舌则胸无点墨；口连脾脏，唇薄则脾不通血；耳连肾脏，耳聋则肾不纳气。

人类喜欢把简单的事情复杂化，爱恨喜怒一大堆；阎王爷喜欢把复杂的事情简单化，一死万事皆勾销。

人类嫌四肢劳作太累，就发明了机器和种种替代工具。虽然提高了效率，但却污染了环境。冰山的融化和海面的上升是人类活动的结果，根深蒂固是心动过速引起的。

五脏通五志[1]，五志与一切社会活动相连。肝脏是甲乙寅卯东方木的问题。木主仁，为富不仁、坐拥金山、吝啬刻薄会引发肝病；心病是丙丁巳午南方火的问题。火主礼，忤逆犯上会引发心病；脾病是戊己辰戌中央土的问题。土主信，出尔反尔、轻诺寡信、借钱不还会引发脾病。肺部是庚申辛酉西方金的问题。金主义，见利忘义、临阵脱逃、无情无义、恩断义绝会引发肺病；肾病是壬癸亥子北方水的问题。水主智，愚昧浅薄会引发肾病。

老刘开了一个小卖店，里面有油、盐、酱、醋、糖等各种日用品。开业之前，老刘托人做了一杆一斤二两进位的秤。开业之后，每当碰到有人来买糖的时候，老刘就用这杆大秤称糖。顾客拿回家的糖每斤都多二两。一开始，顾客以为老刘称错了。慢慢地顾客们发现，谁来买糖都多二两。村上慢慢传开了，他们都来老刘家买糖，都得到了老刘一斤二两秤的待遇。

年底的时候，老刘和老伴在算一年的账。老刘把一斤二两秤的事给老伴说了，老伴说："那今年肯定赔钱了。"老刘抿着嘴不吱声。等把账算完了，老伴傻眼了，这一年赚了两万多。老伴糊涂了。问老刘，老刘说："老乡买糖的时候，我都给他多称二两，可是糖不能多吃呀，他看到我这个人实诚，就都来我这里买各种各样的东西。一年下来，这不就赚钱了。"

吃亏是福，人的大脑里有一条报偿路线，占你便宜的人早晚要来回报你。

相貌是由内心决定的。善念生善貌，恶念生恶貌。先有恶相，后有善心，恶相随善心而变善；先有善相而后无善念，善相随善念之灭而不存。外貌好的人遇到的挫折相对较少。心身状况更好，神经和胃肠功能更好，内在系统功能的改善又体现在人的外表上，使人的外貌看起来更加健康漂亮。

查道和仆人挑着礼物去远方亲戚家串门。

走到中午，前不着村，后不着店。仆人说："主人，我们都饿了，能不能从这礼物中拿出一点吃呢？"

查道说："不行，这礼物既然是送人，就是人家的东西了。"

他们继续往前走。走到一片枣树林，上面结满了枣。查道让仆人摘枣吃。吃完枣，查道拿出一串钱，挂在枣树上。

仆人说："你干嘛呢？"

查道说："咱俩刚才吃了人家的枣，这是枣钱。"

仆人说："现在没有一个人看见咱俩吃枣啊？"

查道说："诚实是做人的基本准则，不论有没有人看到，我们都吃了人家树上的枣，怎么能隐瞒这个事实呢？"

有人监督的诚实不是真正的诚实。

恶者摆平一切，意味着扫清了通向地狱的障碍。

善者承受苦难，意味着有希望打开天国之门。

动与阳合道，静与阴同德。

明心要经过精神煎熬，见性要经过肉体痛苦。

甘霖瑞雪是佛道，天下兴旺福禄招

暴雨下降出暴徒，违纪乱纲势必除

冰雹降临出恶魔，践踏人间罪难说

冻雨飘零有民怨，人神共愤灾立现


木炭之火东方怨，仁德丧失肝经颤

霹雳之火南方怨，礼德丧失心涣散

土中之火中央怨，信德丧失脾土暗

金石之火西方怨，义德丧失肺经乱

水中之火北方怨，智德丧失肾经泮


春有东风民多安，南喜北郁西有难

夏有南风民多厌，东顺西利北失眠

秋有西风民多乱，北平东滞南地寒

冬有北风民多变，东劳西累南不安[2]


胎生多九窍，卵生多八窍，从胎、卵到湿、化，个头越来越小，智力越来越差，寿命越来越短。

有两种人容易被伤害，一种是弱者，一种是强者。前一种会因天生的懦弱而遭敌手，后一种则是因为超越了常人张狂招祸。

有两种人容易招致烦恼，一种是丑妇，一种是美女。前一种因为丑陋而自卑招烦，后一种则因为美丽而惹祸生恼。

有两种人容易失去生命，一种是见义勇为，一种是草菅人命。前一种太在乎他人的生命，后一种太藐视他人的生命。

有两种人容易自杀，一种是庸常之辈，一种是明星。前一种是没有希望得到人生的快乐，后一种是得到了过多的人生快乐。

有两种人容易快乐，一个是乞丐，一种是白丁。前一种是跌落人生最底层后发现了快乐，后一种是从不想过轰轰烈烈的人生而碰到了快乐。

普通苏丹人的工资每天 3 美元，只要收入超过这个标准，对他们来说就像过年一样，他们一定要和朋友聚餐，和大家一起热闹几个小时。在苏丹人眼里，今天的钱今天花完，明天再挣明天的钱，只要有一瓶饮料他们就会满足。如果钱多到能吃一顿像样的饭，会让他们像过年一样高兴。

知足比什么都幸福。

有两种人容易长寿，一种是平民，一种是隐士。前一种是没有过多的思虑，后一种是放弃了过多的思虑。

1943 年春末夏初，冯玉祥家门上贴了一张榜示："凡与抗战有关的高见，持者可直接入府倾诉，无须批准。"

有一天，几位长者来诉，陈家桥地处交通要道，来往人多，附近老百姓无自炊条件，此地只有两家自炊饭店，但一般人消费不起，不敢进。

冯玉祥经过实地考察后，自己掏钱在陈家桥十字路口盖了五间临时建筑，委托老部下王玉玺当"老板"，聘请了厨师和员工。饭店里面，除一般荤菜外，多是萝卜、青菜，还有一分钱一碗的"神仙汤"。门口挂了一副对联"你要俭食我也要俭食咱们都要俭食；你是布衣我是布衣咱们都是布衣"，横批是"买得起吃得饱"，饭店招牌是"布衣饭店"。都是冯玉祥亲笔书写。冯玉祥当时的身份是国民政府军事委员会副委员长。

老百姓与官员都不能忘记一件事，那就是：都是穿布衣的人。

体力可以搬动石头，智力可以搬动星球。

1949 年 9 月，蒋介石给沈醉去电："情有可原，罪无可逭。"肯定 90 名人士所做的事过分，死罪难免。密电先送到云南省主席卢汉手中，此时卢汉已决定投靠共产党，想救在国民党军统云南站关押的进步人士。他想到了李根源，此人是朱德的老师，曾与蔡锷一起举办云南讲武堂，李根源看了电文，拿笔在电文上打了个反钩，把蒋介石的电文顺序倒了过来，成了："罪无可逭，情有可原。"让译电员重新译电，再送给沈醉。沈醉一看，这是明显的赦令。

多少年后，蒋介石回忆起这件事，还是弄不清楚事情的来龙去脉。

智慧的神奇在于，它能用一个符号救活一群人。

理想、幻想、狂想、妄想都出自一个大脑，一切取决于大脑处于什么状态。

严肃到不会笑的人不要交往，残酷到不会哭的人不要接触。

如果在宫殿里人还痛苦，那是因为这样的环境还缺乏某些滋养灵魂的元素；如果在囹圄里人还快乐，那是因为快乐的细胞吞噬了痛苦。

当药物没有疗效，当广告胡吹冒撂；当明星在工厂制造，当裸奔也变成了炫耀，我们说，这社会需要改造。

歌星唱，我爱弯弯的月亮。

观众说，我被炒作撞了一下腰。

诗人曰，我的灵魂在宇宙散步。

读者说，浮躁的世相早该改变。

伏尔泰说，我虽然不同意你的观点，但我要用生命捍卫你自由发言的权利。

# 人体使用说明书

1. 眼睛不可过分飘忽，不可过分专注。眼馋则生翳，飘忽则生邪，专注则眼红。勿使纤尘浸入，勿视强光，勿戴墨镜。常扬眉则目清，常定睛则视明；过亮则眼睑发炎，过暗则瞳孔增大。

2. 耳朵听强音则容易聋，听偏音则容易暗，多听则容易明。过躁则置若罔闻，过静则音信闭塞。进水则容易生中耳炎，进风则易损耳膜。

3. 鼻子吸则生阳，呼则吐阴，闻辛辣则流泪，闻香甜则开胃，闻腥臭则翻肠，闻馥郁则性起。勿使受寒，不然则流涕；勿使生热，不然则鼻衄。鼻涕不可乱擤，喷嚏不可乱打，不然则易鼻炎，继而诱发咽炎等并发症。吸毒则昏迷，堵塞则张口，不然气绝。

4. 舌虽在口内，其功至大。荣毁成败，全在一舌鼓动。虽无齿坚，却比齿寿。除吮吸奶头及食物外，慎近有害物品。

5. 生殖器属易损件。雌雄交配宜稳定，勿轻易更换配偶。保养不当易生病，使用不当易犯法，器官互换则变性，自慰则变态，不可不慎。

6. 心为血泵，肝木生之，脾土泻之，心制者肺，制心者肾。运动不可过速，不然容易过劳死。心安自然静，心静自然安。热心不无聊，灰心难成事，万事以心安为准的。

7. 脑为指挥部，勿使震荡，勿使倒立。常冷静以思理，勿急躁以忽迫，不然易溢血。释怀则存储信息，不解则多思多闻。不妄加判断以沉淀

59

渣滓；不主观臆断以拨清迷雾。内部不可充血，不可积水，不可酒精含量过高。清醒时的所见和梦幻中的所闻，都要经过它的审度，或扬弃或采信，三思而后行。

8. 足行手动，勿扭曲挫折。尤其要保护膝部，除礼拜先人，勿使腿部轻易弯曲，勿使膝盖接触地面。单举前肢则成，双举前肢则败；抬足先看地面，举手先看眼前。

# 注

1. 以上各部位应协调运动，由于品种不同，个体各部位的规格也有差异。除个别先天不足外，更新换代也不会改变个体各部位的位置及功能。拼装的虽比原装好看，却没有原装耐用。

2. 发过长则易藏污，甲过长则易纳垢；舌过长则易惹事，手过长则易生非；目过短则易生惑，识过短则易生迷；志过短则易卑躬，腿过短则易生烦。

3. 请勿倒置，勿使受潮；温饱适中，荣毁适度。


1. 中医认为，五脏与五志相连，肝脏属木，木主仁，不仁会引发肝病；心属火，火主礼，无礼会引发心病；脾属土，土主信，无信会引发脾病；肺属金，金主义，不义会引发肺病；肾属水，水主智，无智会引发肾病。

2. 自然现象和人类的社会活动有没有一定的联系，一直有强烈的争论。董仲舒认为，天人可以感应；但在近代认为，天人感应为迷信思想。然而，月亮的阴晴圆缺，水、火、风、雷等自然现象与人类社会活动确实有一定的联系。雨天多发盗窃案件，满月多发刑事案件。

# 五

最初，我们没有意志；最终，我们丧失意志；其间，我们又不能坚定意志，我们何曾坚强？

河豚的美味在一千多年前就吸引了无数的食客，但河豚是有毒的，会毒死人。苏东坡就留下过"拼死吃河豚"的典故。

中河豚毒以后的解毒方法很多。张仲景在《金匮要略》里记载："芦根煮汁，服之既解。"孙思邈则建议："凡中其毒，以芦根汁和蓝靛饮之，陈粪清亦可。"陈粪就是有相当时间的大便。

孙思邈的建议使古人吃河豚的地点就放在茅厕旁边。一边大快朵颐，一边苍蝇纷飞。不中毒拔腿就走，中了毒就灌大粪。

能让人分泌多巴胺、肾上腺激素这些类似毒品的激素性物质的不仅是通过音乐，也可以通过美味完成，人类在很多方面都是脆弱的。

我们从生到死，都在服刑。包袱、饭盒、信函，无一不是囚徒的用品。别以为你很自由，父母、老师、领导、配偶就是你在各个服刑阶段的管教人员。你旅游，但不能不回家；你撒野，但不能不归宿。旅游和撒野是在"放风"。我们有身份证号和电话号，我们的衣服、银行卡、驾驶证、保险单等等都有编号，我们就生活在"号"里。常年不回家，大多数是无期徒刑，直到临终，我们才被释放。穿上寿衣，寿衣上没有号，但随即又被抬进棺材，扔进火化炉，我们何曾自由？

面对美丽，如果我们的海绵体[1]充血，括约肌[2]收缩，便是亵渎；面对邪恶，如果我们的血压没有上升，血糖没有增高，便是怯懦。

我将思想存进压缩的硬盘，换代的主机能不能兼容？

我用双手奏响金石丝竹，寂寞的太空能否有回声？

我用灵魂的气息耳语，昆虫在草根响应。

我用生命的中气吟诵，恒星在银河共鸣。

上帝，我们照着您的乐谱演奏，不和谐音是因为我们操作的琴瑟不够精准，还是因为乐谱本身就有错误？

掬一缕霞光，聆听天籁之音；吸一束松香，触摸逍遥之土。

天堂是我们的向往，地狱是我们的雷池，人间是我们的操场。

涉世之初，我们满腔热血；历经沧桑，我们蹒跚趔趄，苦与乐全在我们的感知，爱与恨尽染我们的肌体。

行远路者需要耐力，下深渊者需要胆量，走岔路者需要眼力。

吃水太深的船有搁浅的危险，吃水太浅的船有倾覆的危险。

人类是一种脆弱的物种，童年需要奶汁，成年需要爱情，晚年需要永生。

在一个锅里吃饭，不一定能在一个被窝里放屁；能在一个被窝里放屁，一定能在一个锅里吃饭。如果长时间因为胃口不合而导致并发式争论，慢慢地也不会在一个被窝里放屁了。

人生的悲喜苦乐，在我们经历了昏天黑地而淡定之后，都会变成温馨的回忆。

祖先将他们的经历存储并遗传给我们，噩梦就是存储信息的再次检索。

人类开始饲养苍蝇，在无菌的环境里叫苍蝇的卵长得饱满，使餐桌上多了一道蛋白质丰富的菜肴。至此，人类丑陋、无耻的嘴脸终于被撕开。

现实的空间还绰绰有余，人类便开始虚拟空间，在各种网上漫游，病毒更容易将人类一网打尽。需要弄清楚的问题是，人类究竟适合在现实中生活，还是在虚拟中附着？结果发现，现实中人类浮躁，虚拟中人类无聊，属于没事找抽型物种。

见钱则疯，见名则狂；见官则谀，见贵则媚；见色则迷，见相则惑；见贤则妒，见能则谤；见弱则欺，见强则屈。人类所有的行为，无论是常规还是特异，都没有跳出上帝对他的设计。

人有三根软肋。

一、名利。

乾隆问金山寺的老和尚："每天江上来来往往有多少船？"

老和尚回答："两条：一条为名，一条为利。"

求名求利是天下人的第一软肋。天下攘攘，皆为利往。人过留名，雁过留声。

二、耳朵软，听好话。

人类的耳朵都喜欢听好话，把不爱听的话排斥在外面。

三、希望得到尊重。

无论是帝王还是百姓，都希望自己得到别人的尊重。

人的三根软肋是人作为社会性动物在长期的社会生活中不断演化而成的。去掉这些软肋就是圣贤的行为。

货币从贝壳、刀形币和耒耜[3]形币，代表了暴力和农耕，等到出现了天圆地方的"孔方兄[4]"以后，人类终于可以拿钱买通天地了。

人类的健康或疾病，不过是心与身和谐与对立的状态体现。我们目之所及的疾病无不有它的心理原因。仔细探究，会让我们大吃一惊，又会让我们惊后清醒。

贪污会引发脑肿瘤、糖尿病，腐败会引发心脏病、心血管病、心肌梗塞；独裁会引发动脉硬化，专制会引发便秘；双规会引发脱发、斑秃、白发，怨恨会引发癌症、肺结核；失业会引发白内障，仇恨会引发肝炎；保守会引发痔疮，拘谨会引发性病；紧张会引发阳痿、失眠、消化不良，偏见会引发黄疸；压抑会引发肺炎、贫血、静脉曲张、高血压、瘫痪、白带异常，愤怒会引发角膜炎、喉炎、胰腺炎、牙周炎、脑膜炎；恐惧会引发晕车、晕船、晕机、流产、痛经、肥胖、胃溃疡、健忘症，失望会引发肾炎、骨质疏松；受骗会引发中风、风湿性关节炎，委曲求全会引发前列腺炎、子宫肌瘤；嫉妒会引发皱纹、麦粒肿、口臭、脓肿，逃避会引发脑溢血；内疚会引发阴道炎、艾滋病、瘙痒、疼痛，失落会引发白癜风。20世纪90年代，中国死因谱[5]中，心、脑血管病和恶性肿瘤占前三位。了解死因谱，不但有助于重点预防有关疾病，也有助于了解社会风尚。

欲望虽然不是洪水，却是猛兽，创业的时候要忍受寂寞，成功的时候要抵抗诱惑。

人类是离不开奖赏的动物。可笑的是，人类正在通过驯兽师将这种虚荣传播给动物，使动物的行为也带上了功利色彩。

吸食毒品后，你感觉自己像蚂蚁一样。看自己的双脚像船一样大，不敢迈步。卫生间浴盆的水像大海一样，不敢洗脸。窗外的空间像高尔夫球场一样宽广，你会毫不畏惧地从 26 楼的阳台上走下去。毒品是魔鬼的诱饵，能让人的灵魂变小变空。让你感到进入了童话世界，而你则是这世界的反面人物，虽然无人追杀，但感觉疲惫和无聊，生活没有意义。耳朵能听到心脏的跳动，虽然身无疾病，但感到整个世界都没人能救你。世界的一切都是真实的，唯独你是虚幻的，大脑已经不能正常处理所见的一切，自己像垃圾一样无用。如果没有音乐和声响，魔鬼的笛音随时可能会在某个角落吹响，将你带到离人类 140000 亿公里的无间地狱……

我们因为缺乏判断力而出生，因为缺乏忍耐力而自杀，因为缺乏记忆力而再生。

帝王在听政，幕僚在经营；农民在种地，工人在做工；乞丐在要饭，强盗在横行，世界的构成如斯。

萨科齐上任以来，他的花边新闻不断见诸报端。特别是萨科齐与市民的对骂，被很多人认为有失总统身份，当做笑料。有一次，萨科齐准备与一个法国市民握手。那个市民说："你别碰我，我一直很讨厌你……"一个老百姓不但拒绝和总统握手，而且出言不逊。

萨科齐不能动用总统权力给那个拒绝跟他握手并嘲笑他的市民小鞋穿吗？不能。因为在民主政治的法则里，总统没有这个权力。

与自然同呼吸，与造化共命运，吐古之故，纳今之新。

世界的复杂使我们对它产生兴趣，事物的丰富又给我们认识世界提供了参照。

未出生时，我们拥有羊水、胎盘。

婴幼时，我们拥有襁褓和奶水。

童年，我们拥有糖块和玩具。

少年，我们拥有粉红色的梦想。

青年，我们拥有爱人、情人。

中年，我们拥有孩子、房子、车子、票子、位子。

晚年，我们拥有病毒、疾病。

死后，我们拥有棺材、骨灰盒。

生与死，我们的位置是不稳定的。我们的一生仅仅是在子宫、襁褓、摇篮、课桌、老板椅、驾驶席、主席台、病房、手术室、太平间、火葬场、骨灰盒和坟墓之间的转换过程。

每个人出生的时候，都大哭大闹，因为这是一个充满痛苦的世界；人死的时候，他的家人都围着他哭，也证明了这世界的难过，同生而万死，竟没有例外。

哀者常叹，奋者常悦；止者常怨，行者常至。

太爱人，人会失去自我。

太受人爱，人会不认识自己。

太恨人，人会从嫉妒、贬低，直至想毁灭这个人。

太受人恨，人会在众多的唾沫中无疾而终。

大道若简，大强若柔；大弱若刚，大善若水；大恶若火，大雅若秽；大俗若雅，大明若盲；大浊若清，大愚若贤；大得若失，大失若益；大美若嫫，大丑若艳；大圣若俚，大盗若慈；大威若雍，大乱若安；大辩若默，大德若朴。

走的人多了便成了路，完成的是小路、土路。高速路都是先修好，才可以走。

150年前，达尔文写下《物种起源》，认为人类是在进化。今天，人类却像昆虫一样，在各种网上碰来撞去，莫非进化学说到了需要修改的时候？

人是直立行走的动物，但在生命的进程中，却有种种桎梏和枷锁，思想家要做的就是怎样使人类摆脱枷锁。

不信上帝，死后都要下地狱。上帝，这样做不仅残忍，而且小气。

如果上天堂就是匍匐在上帝的脚下做一个温顺的奴隶，那么，我选择不上。

我们的耳朵对"伟大"和"万岁"这样的词并不陌生。但有谁仔细冷静地想一想，我们需要这样的表达吗？领导到基层视察，我们会听到"××领导对我们的困难非常重视"这样的造句，领导重视群众的困难是理所应当的；领导到老百姓中嘘寒问暖，我们会听到"××领导对我们的事情非常关心"这样的造句，领导关心群众的生活是应当的。对帝王将相、才子佳人的思想，前辈早就批判过，如今影视里的"帝王将相"又卷土重来。赞美明君，贱视臣民，不仅恶化了政治空气，而且污染了民主平等。

我们不仅要告别"伟大"，告别"万岁"，我们还要坚持不给领导鼓掌的权利。只有这样，我们所拟定的目标才有可能实现。

人类是经过亿万年进化的知性生物，已经拥有自如的头脑。它位于身体的最上部，不负任何负担，双手可以把想到的事情付诸实施；躯体保护着维持生命的脏器；双腿行走蹦踢全无障碍。我们不需要上帝和一切神仙，所有重大事件都不需要上帝参与，你可以祈祷上帝，但这不是人生的必须。

人类中的大多数，既上不了天堂，也下不了地狱。道理很简单，他们没有炼石补天的德，也没有恶贯满盈的孽。

我们头朝下出生，朝上长大，习惯于和人面对面。观察人的面部表情，忽视了人的脚步运动。我们看到的是颠倒的世界，还是我们自己颠倒了人生？

以日光为经，月光为纬，星辰为点，在宇宙中完成一幅坐标。于是，我发现，上帝就在这坐标的最顶峰。天、人、阿修罗、地狱、恶鬼和畜生[7]便是坐标的各个线段。上帝，这个世界是您的作品之一，宇宙就是您全部才华的展露。为了这部巨著，您一定倾注了不少心血。恕我浅薄，也许这一切是您一挥而就也说不定。人类、星球，不过是您作品里的字母和音符。

在永恒面前，我们的深沉是我们老练的幼稚，我们的浮躁才是我们的本性。我们是离不开偶像的动物，无助时制造偶像，空虚时崇拜偶像。

·欧洲的一些国家，都有洗垃圾的习惯，在法国图卢兹，你住房东的房子，房东有一个要求就是扔垃圾前，先用洗涤剂把垃圾洗干净，收垃圾的时间到来前，一些店铺会把自家卖不完的面包放在门外，很快就会被别人拿去。

清洗垃圾在人看来是多此一举，但仔细想想我们的心就是从扔垃圾时开始浮躁的。

尽管人类已经拥有了科技，但用最大的广播，在地球上吆喝，也不能让火星人听到。所以，不必过分计较褒贬。

忘却图腾[7]崇拜的最初记忆，抹去天罡地煞[8]的最后蜃景，留下我们自身的原始信念，让文化的基因在我们的体内有机地组合。我们的先祖在幽冥的地宫会绽放笑容。

《辞海》1999年版缩印本第1161页，对迷信这样解释："一般指相信星占、风水、命相、鬼神等的愚昧思想，泛指盲目的信仰和崇拜。"其他工具书对迷信也有类似的解释。"八卦"在《辞海》里解释为"源于占卜"，"占卜"解释为"迷信"。几千年来，中国人使用的卜筮、风水、命相成了迷信。《辞海》是权威工具书，对每一条词都会作仔细的推敲。但我们不理解的是，《辞海》指出的迷信行为，在今天依然盛行。不仅中国，连很多西方国家也对占卜、风水、命相感兴趣。意大利1987年就有5000名易经会员，世界上许多国家都成立了易经研究组织。东京有易卜占卜学院。他们都在研究这些东西。只不过他们不是把易经当做迷信，他们是把易经当做一种学问来研究。西方还有灵学、神学，就是研究灵魂和鬼神的。我们习惯于给一些问题预设答案，根本不去作客观的理性的研究分析。对一些不明白、不理解的东西，先贴标签后封存。如果有人把封条撕开，马上就说在搞"封建迷信"。

《辞海》是10年一修订，希望在最新的修订本上，看到对"迷信"的新的解释。

完成十万字的龟甲，需要三百年；完成十万字的竹简，需要三十年；完成十万字的E-mail需要三天。人类在提高速度的同时，能否保证思想的含量？

我们被上帝创造后，遗弃在魔鬼与天使对擂的阵地上，魔鬼的笛音和天使的号角让我们晕头转向。

当情感不能让人有永恒之感时，人们就用白金和钻石来替代。

当人知道自己对于世界来说，只是匆匆过客的时候，就抓紧时间留下影像，装上镀金的镜框。

有价值的东西，不会因为它的失去而消失。恰恰相反，人类的心灵可以珍藏许多至珍；无价值的什物，无论包装得多么精致，终因它自身的乏味而让人视而不见，置若罔闻。

永恒不需要任何替代。

1. 肌肉组织。阴茎主要有两条阴茎海绵体和一条尿道海绵体组成。外面包以筋膜和皮肤，阴茎海绵体左右各一，位于阴茎背侧，尿道海绵体位于阴茎海绵体的腹侧。

2. 分布在人和动物体某些管腔壁的环形结构。人体内的括约肌见于消化道和泌尿系统、直肠末端肛门处，舒张时使管腔开放，平时经常处于收缩状态，受植物性神经支配或激素调节。

3. 中国古代耕地翻土的工具。《易·系辞下》："神农氏作，斫木为耜、揉木为耒。"耒为柄，耜为铲。有木质、骨质、石质，耒耜泛指农具。

4. 中国旧时铜钱中有方孔，外圆内方。外圆像天，内方像地。鲁褒《钱神论》："亲爱如兄，字曰孔方；失之则贫穷，得之则富强。"

5. 人群中各种死亡原因的种类和频度的比例。不同地区、不同时期、不同人群的死因谱不尽相同。

6. 这是吸食 K 粉者的身体的种种幻觉。不同的毒品所产生的幻觉也不相同，都是干扰人的知觉判断。20 世纪 30 年代，用作药物治疗发作性睡眠病、抑郁症和中枢抑制剂中毒等。可以口服或皮下注射，可迅速产生如性高潮般的欣快感，产生交感神经过度兴奋的症状或精神障碍。

7. 印第安语（totem）意为"属彼亲族"。人类原始社会的一种宗教信仰。许多动物都作为图腾被原始人崇拜过。图腾是部落氏族的神圣标志，图腾崇拜普遍存在于世界各地，某些部落和民族至今仍保留着图腾崇拜。

8. 星相名。故宫有 36 口铜缸，以应三十六天罡；72 条地沟，以应七十二地煞。

# 六

冲锋陷阵属于男人的事，忍辱负重属于女人的事，人类社会所提倡的美德大多是属于女人具备的东西，这也可以解释女性犯罪率为什么大大低于男性。

钻石的价值与重量的平方成正比，人的价值却不与重量成正比，也不与财富挂钩。

惠盂拜见宋王。

宋王说："我喜欢勇武的人，不喜欢空谈仁义。你想给我说什么？"

惠盂说："我有道术，能让人虽然有力也刺不了人，虽然有武也击不到人。你想不想得到这个道术？"

宋王说："我想得到。"

惠盂说："刺不入躯干，击不中身体，但受到刺击仍是一种侮辱。我有道术能让人虽然有武但不敢击，能让人压根就没有刺击的意图，能让很多的人喜欢它，并使它得到利益。这种道术远胜过武力，是四种道术中最高的一种。你感不感兴趣？"

宋王说："我感兴趣。"

惠盂说："孔子、墨子就是具有这种道术的人。他们不拥有一寸土地，却能成为人们心目中的圣人；没有一官半职，却能成为文武百官心目中的尊长。您是一国之君，如果有孔子、墨子那样的志向，四面八方都能使你得到利益。"

宋王等惠盂走后，对身边的人说："这个人的口才太好了，他用了几句话就说服了我。"

"一人之辩，重于九鼎之宝；三寸之舌，强于百万之师。"仁义的力量能够贯穿天地。

小狗撒尿、拉完大便后，都不约而同地用前腿刨起地上的土，遮盖它的排泄物，显得很有教养；人类排泄以后，提起裤子就走人，并不顾及他人的感受。

观万物识万相机锋悉解，看外应知内藏百病尽显：上视高傲下视毒，远视贤明近视愚；平视有德斜视盗，乱视淫荡猛视暴。贪婪之人唇外翻，吃尽浑腥千百万；烦渴发热兼呕吐，脾胃虚损又溃烂。嗔怒之人目光凶，定然喝酒逞威风；呕吐尿血兼昏聩，肝脏已被损原形。痴情之人臀部摇，嫖奸偷情尽风骚；阳痿白浊兼早泄，肾脏犹在已衰老。傲慢之人踱方步，赌尽银钱手难住；胸腹疼痛兼心悸，心脏虽跳已无路。疑惑之人口吐涎，抽尽旱烟抽大烟；咳血烦躁兼眩晕，肺脏已无生机缠。

分别产生了烦恼，执著产生了疾病；执著的结果是被执行，放下的结果是先执政。

张良被秦始皇通缉，逃到了一个叫下邳的地方。

有一天，张良走到坯桥，看见一个老头儿坐在桥上，将一只鞋扔到桥下，对张良说："小子，下桥把鞋子给我捡过来。"张良感到很生气，看他年纪大了，也没有发脾气。就下桥把鞋子给他捡了上来，可老头儿不接鞋。他把脚伸给张良说："你得给我穿上。"张良也没多想，给老头儿穿上，老头儿站起来走了。

张良觉得这事蹊跷，便决定跟在老头儿后面。走了一会儿，老头儿转身对张良说："孺子可教，我决定教导你。5天后，天一亮你就到桥上来找我吧。"张良一听，知道老头儿不是凡人，赶忙下跪叩拜。

到了第5天，张良如约前往。老头儿已经在那里了。他生气地对张良说："你跟老人家约会要早一点儿来。咋能让我等你呢？过5天再来吧！"

又过了5天，张良一大早就跑到坯桥上，还没上桥，就看到了老头儿。老头儿说："过5天再来！"

张良吸取了教训，头一天半夜就到了桥上，静静地等着老头儿来。过了一会儿，老头儿来了。他一见张良，说："这才对嘛！"老头儿从袖筒里掏出一卷书交给张良，这本书就是《素书》，老头儿就是黄石公。

当人达到不受任何奚落和刁难所动的境界时，就意味着放弃了原本的固执，放下架子才有可能获得新的东西。

衙门外面的狮子张牙舞爪，令人想到食肉动物的凶残，更凶残的是衙门里面的直立动物。

有一个县令带着手下，来到一个村子，村长陪同县令视察。县令问："你们这里的鸡蛋怎么个卖法？"

"回大人，一文钱三个鸡蛋。"

县令吩咐手下将一万钱交给村长，让他买三万个鸡蛋。村长刚要动身去采购鸡蛋，县令说："不着急，今天不带走这些鸡蛋，先放在这里。蛋成鸡以后我派人来取。"

村长张大了嘴合不上，但又没有办法。

半年过去了，县令派人来收三万只鸡，一只鸡值三十文，卖得三十万钱。县令的一万变三十万。

又一年，县令视察到一个山上，这里有很多的竹子。县令吩咐人叫来村长问："这里的竹笋怎么卖？"

"一文钱五株。"

县令让人拿出一万钱给村长，说要买五万株竹笋。告诉村长今天不带走竹笋，先寄放在你们的竹林里。村长有苦也不敢说。半年过去了，县令派人将长成的竹子卖掉，一棵竹子十文钱，共得五十万钱。

"三年清知府，十万雪花银"。种豆得瓜。我们对贪官的嘴脸有了更深入的认识。

天被污染，父亲有病，病在咳喘、口舌生疮；地被污染，母亲有病，病在腹疼肠虫、大便脱肛、湿疹疼痒；树木被乱砍滥伐，长男有病，病在左肋疼、血虚、吐血鼻衄、狂言乱语、目盲耳聋；竹林被砍伐，长女有病，病在中风不语、伤风感冒、手足浮热、四肢麻木；燃料被污染，中女有病，病在心脏、皮肤肌肉、月经不调；水源被污染，中男有病，病在遗精、便秘不通、阴虚疝气；沼泽被污染，少女有病，病在大肠、膀胱、腿足抽搐、骨节疼痛；山岳被私挖乱采，少男有病，病在脾肩虚胀、脚气麻木。

人类吃鼠，吃出鼠疫；人类吃牛，吃出疯牛病；人类打虎，虎也吃人；人类吃兔，吃出兔唇；贪吃螃蟹，吃出流产；人类吃蛇，蛇也吃人；

人类吃羊，吃出羊角风；人类吃猴，吃出爱滋病；人类吃鸡，吃出禽流感；人类吃狗，吃出狂犬病；人类吃猪，吃出猪流感。

2003 年，一场非典让全世界为之惊恐。

手机客户收到这样的信息："卫生部 10 日指出：'今年我国内地的手足口病发病还处于一个上升的阶段，今后一段时间，报告病例还会增加。在 5 至 7 月份有可能达到一个高峰。2009 年 3 月，全国通过传染病网络直报系统报告的手足口病病例是 54713 例，死亡 31 例。从今年年初到本月 7 日网络直报显示，全国累计报告手足口病例 115618 例，其中重症 773 例，死亡 50 例'。"

我们破坏了赖以生存的山山水水，大自然会以我们所不知道的方式，在我们无法预知的时间报复我们。在发展道路上不能耍心眼，人类在大自然的怀抱里不停折腾，大自然早晚要让人类无路可走。

饥饿是最好的调味品，美色是最好的壮阳药。

奶奶用手把我们接生到人间，母亲用手将我们抚养长大；儿子用手扶我们走过晚年，孙子用手将我们的遗像存到"桌面"。

经常微笑，眼角会留下鱼尾纹；经常忧郁，印堂会留下悬针纹；经常撇嘴，嘴角会留下法令纹；经常翻眼，额头会留下抬头纹。

百姓是俗人，皇帝是俗人的头儿，俗人的头儿就是大俗人。

贝拉克·奥巴马定于 2009 年 5 月 13 日出席亚利桑那州州立大学春季毕业典礼并发表讲话。校方表示，届时不授予奥巴马荣誉学位。理由是他刚刚就任总统，主要工作尚未开始。不给在任政界人士颁发荣誉学位是有百年老校历史的亚利桑那州立大学的传统。

蔡元培曾经确立过现代大学的三项基本原则：

第一，大学应当独立自主。

第二，大学应当具有思想和学术自由。

第三，大学思想和学术自由需要相应的自由和社会政治环境。

环顾四周，几十年过去了，我们的大学依然没有做到。各种原因令人深思。

母亲对小孩的咒语是："吃咪咪"。

女人对男人的咒语是："我爱你"。

男人对女人的咒语是："给你卡"。

皇帝对百姓的咒语是："奉天承运"。

人类对动物的咒语是："保护动物"。

上帝对人类的咒语是："我的孩子"。

所有的磨难都是考验，所有的享受都是试诱。

我们是一群身高多在 1.5~1.8 米的木偶，上帝就是扯线人。

一切建筑物都在八卦之列：外墙的灰缝呈现出乾、坤、坎、离四卦；门窗有竹木、有金、有土，对应震、巽、艮、兑四卦。

人类直立行走以后，一直在怀念爬行时代。汽车就是明证，四轮正是四足动物的特性；至于火车，就更低级了，俨然像多足的昆虫在两条平行的铁棒上蠕动，飞机虽然在模仿鸟类飞行，但仍然需要跑道，而且每个飞机上都有三条腿，你见过三条腿的鸟儿降落的时候需要跑道吗？

心字从震宫起笔一点，中间离宫一点，最后一点落在兑宫，离宫中间的一点写得越靠上，最后的一点落差就越大。

前苏联一位著名芭蕾舞教授招收学员，来了两位小姑娘。

教授问其中一位："你为什么要学芭蕾？"

小姑娘说："芭蕾舞优美典雅，跳起来无比轻盈，我要好好学习，将来在舞台上取得第一名。"

教授问另外一位："你呢？"

小姑娘说："老师，我不跳芭蕾就没有饭吃了。"

教授说："就收你了。"

没有选择的时候，人会用上全部的力量，也会调动身体中的各种潜能。

我们有时眩晕、心跳过速和易怒等症状是生物钟正在调整，体内的平衡暂时被打破，与疾病无关。

我们是重视吃喝玩乐，轻视读书学习的。你见过站着吃饭的饭店和坐在椅子上读书的书店吗？不给读者准备椅子，是不想让人在书店多逗留，其实不然，读者并没有减少逗留的时间。根据中医"久立伤骨"原理，常跑书店会增加骨质增生和静脉曲张的毛病，长时间坐在地上翻书会落下坐骨神经和脊椎方面的毛病，谁定了这样的规矩？

己所不欲勿施于人，你不愿闻臭味就不要让别人闻臭味；己所欲勿施于人，你愿闻焚香之气，但不要让别人闻，别人也许会讨厌这种气味。

从人类的脖子、手、脚的形状判断，人是容易被枷锁束缚的。

美国独立战争接近尾声的时候，一个叫刘易斯·尼古拉的上校写信给华盛顿，建议他建立像英格兰那样的联合政府，由华盛顿担任该政府首脑。

华盛顿回信说："……在我看来，这封信包含着可能降临到我国头上的最大危害。……因此我恳求你，从你的头脑里清除这些思想，并且，决不要让你自己或任何别的人传播类似性质的思想。"

在没有帝王国家的民众，不会答应他们选出的总统变成帝王，而在习惯于王权统治国家的民众，也不习惯他们的"大救星"不当帝王。

我们在生死之间，生离死别的讯息每天让我们耳濡目染。

歌唱可以为我们输入很多的心理能量，帮我们战胜恐惧、交流情感、减轻压力、治愈疾病。高音"一"打通我们的头腔经络，中音"五"打通我们的胸腔经络，低音"九"打通我们的下肢经络[1]。

汉字共有 14 种组字方式。左右结构在《辞海》中的频率为 68.45%，上下结构在《辞海》中的频率为 20.33%，合起来为 88.78%，体现出两仪茂盛，四象繁荣。

命运变幻各种嘴脸来吓唬我们。从喜怒哀乐到肿胀疼痒；从精神打击到疾病死亡，如果我们等闲视之，则这些东西就会等闲。

不经疼痒，怎知我们的神经通畅？

夜明砂是蝙蝠的粪便，明月砂是兔子的粪便，五灵脂是鼯鼠的粪便，kopi. luwak 咖啡是从柳子狸的粪便提取的最昂贵的饮料。

家字下面有猪，出家不仅仅意味着不吃肉，那是灵魂的邂逅，善良的重逢。

我们并不缺乏经典，缺乏的是对经典的实践。

日地距离发生混乱，地球上的水不是冰冻就是蒸发。

日地的公转自转发生混乱，地球就会天崩地裂。

地球重力发生混乱，人类就会飞出地球。

"运动量保存法则"发生混乱，我们的钞票和银行卡就会漫天飘飞。

"电荷保存法则"发生混乱，纸原子就会分崩离析。

社会发生混乱，就会血流成河。

混乱是狰狞的恶魔，和谐来之不易。

有三个和尚在一座山上的破庙里相遇了，面对破败的庙，三个和尚都有自己的判断：

"一定是这庙里的和尚不恭敬，所以庙没有灵气。"第一个和尚说。

"一定是这庙里的和尚不勤快，所以庙成了这个样子。"第二个和尚说。

"一定是这庙里的和尚懈怠，所以庙里香客稀少。"第三个和尚说。

三个人你争我论，他们决定各自显示自己的能耐，以证明自己的判断是正确的。

第一个和尚每天虔诚念经。

第二个和尚每天整理庙务。

第三个和尚每天四方化缘。

很快，庙里的香火又旺了起来。

这一天，三人又议论起香火渐旺的原因：

第一个和尚说，都是因为我虔诚拜佛。第二个和尚说，都是因为我管理有方。

第三个和尚说，都是因为我化缘劝世。

三个和尚争论不停，渐渐旺盛的香火又渐渐衰败了，解散的时候他们得出结论，什么原因都不是，都是因为他们不能和谐相处。

土空则震裂，水空则流淌，火空则燃烧，风空则怒号。

每年有地震——地空，每月有海啸——水空；每天有火灾——火空，每时在刮风——风空，地水火风，四大[2]皆空。

把月光下树的影子当成鬼的影子，把风吹树叶的声音当成鬼的脚步，为结果找到错误的原因并且深信不移就是迷信。

一美女走夜路，一个流氓跟着她走。美女看看周围没有人，心里害怕。走到一片墓地，美女灵机一动，走到一座墓前说："终于到家了。"流氓被吓跑了。

这时，突然传来一句话："你干嘛这么晚才回家？"

美女被吓跑了。走出一个盗墓贼说:"谁叫你影响我工作。"一个老头正在墓碑前凿墓碑。盗墓贼问:"你干嘛呢?"老头说:"孩子们把我的墓碑刻错了。我把错字改过来。"盗墓贼被吓跑了。

老头说:"敢跟我争生意。"他手里的凿子掉到了地下,正弯腰要捡,草丛里伸出来一只手:"谁在乱改我们家的门牌号?"老头又被吓跑了。

捡破烂的爬起来说:"捡破烂还要费这么多脑筋。"

人类常常在常识性问题面前显露出小孩子的智商。

中国清朝政府遴选地方官员要看长相,在八种长相中选择四种,淘汰四种。"同田贯日"留,"身甲气由"休。"同"是长方脸,"田"是四方脸,"贯"是头大身直体长,"日"是高低肥瘦适中,四字都入选;"身"是体斜不正,"甲"是大头小身,"气"是单肩高耸,"由"是小头大身,四字都落选。体格匀称代表健康和行事能力,体格失衡代表先天和后天的问题。

中国很多官员相信占卜[3]、风水[4]等学说。"现代中国人宗教信仰调查"表明,信仰宗教的人约3亿人,相信各种民间鬼神的高达26%。我们遵循的"主义"是一种理论和教条,占卜、风水贴近老百姓的生活,能给人心理和精神指导。官员们热衷于传统信仰,相信占卜、风水等学说,以便谋求鸿运,节节高升。

在广州的多家医学整形中心,去消费的多是为了改变官运的各级官员。广东武警医院医学整形中心谭新东主任说:"在机关工作的人,大多在晚上来。有不少人就是为改变官运而来做整形的。"除了修补疤痕外,隆鼻、削颧骨等都是希望改变运势的,以中年男子为多。年龄在35岁至50岁之间,人数呈上升趋势。

稍一了解,类似的新闻竟然有4000多项。北京、上海、成都、南京、兰州、深圳等地的不少医院几乎都有为改变官运而整形的官员。

在全国干部教育训练工作会议上,中央的精神说:"目前干部队伍的思想道德素质和科学文化素质存在明显的缺陷和不足。"强调要加强干部的教育培训工作。

整形改变官运除了为这一论断作注脚外,还有另一层含义,那就是当官比老百姓风光实惠。官当得越大,越能得到实惠。"人民公仆"的内涵不得不让我们再三品味。

在水里生，水里长，死后也归于水中。在土木房子里生活，使用木制家具，死后装进木制棺材，埋进土里；在钢筋混凝土房子里生活，使用金属家具，死后装进金石棺材；在光电世界里生活，死后火化。

高飞的鸟采天之阳气，声调高；低伏的牛采地之阴气，声调低。

"中国欲望榜"网络调查显示，第一欲望是"更多的钱"，占72.7%。第二欲望是"环游全世界"，占65.1%。接下去是"开名车"、"住别墅"、"做老板"、"中大奖"、"桃花运"等等。一群大小姐和花花公子。

一记者问西北一放羊娃：

放羊为了什么？赚钱；赚钱为了什么？娶婆姨；娶婆姨为了什么？生娃；生娃为了什么？放羊。

工作为了什么？赚钱；赚钱为了什么？结婚；结婚为了什么？生孩子；生孩子为了什么？工作。

你能看出两者之间有什么不同吗？

用刀在竹简上刻字，慢是慢了点，踏实，不会出什么差错；用键盘打字，快是快了，敲错一个键，整个文件就会被删除，太悬。

虽然老虎咬死过人，但老虎永远不能把人装进笼子，也永远不能用鞭子驱使人类。

虽然人类和细菌、病毒较量了几千年，但至今仍然对某些病毒束手无策。

让不让人类身体受疼，上帝说了算；受疼的时候叫不叫，人类说了算。

人生就是哭哭笑笑，做做说说；吃吃屙屙，穿穿脱脱。

担心失败本身就是失败，从未犯错误本身就是错误。

一个人在网上搜索，我要发财，结果是：抢劫。我要快乐，结果是：快喝乐果。我要幸福，结果是：带上手铐（甲骨文的幸是古代械手刑具，如今的手铐）。我要永生，结果是：死后种草木（甲骨文的生下从地，上边为生出的草木）。他又输入：我要发财、我要快乐、我要幸福、我要永生。结果是：抢劫之后喝乐果，带上手铐死后尸体种草木。提示，这是由炎症、肿瘤、血管病变、损伤、变性、畸形、中毒引起的神经病而诱发的精神病晚期俗称"疯子"的人的想法。

　　"我"是带齿的刀锯之形，也用作刑具或用以屠宰牲畜，为锯的前身。所以，不要动不动就说：我怎么样，"我"是一个做过错事的人。

　　人类已经将无线电波联结全球乃至更遥远的太空，但人与人之间的心波联结仍然障碍重重。

　　1. 歌唱可以疏肝润肺，强心健脾，高音在头腔共鸣；中音在胸腔共鸣；低音在腹腔共鸣。音乐通过激素性物质调节人体。多巴胺使人愉悦、痛苦降低；肾上腺激素提高神经兴奋性，可以使心跳加速、呼吸加快、肌肉紧张；去肾上腺激素起安抚作用，使心跳降速、呼吸平缓、肌肉放松。音乐可以调动人体自身的潜能来修补失常已久的"人体电路"。

　　2. 道家谓道、天、地、人为"四大"。佛教指构成世界的四种基本元素（地、水、火、风），地大以坚为性，能载万物；水大以润湿为性，能包万物；火大以煖为性，能熟万物；风大以动为性，能生万物。

　　3. 人类通过一定的方式对事物的发生发展做出预测的方式。中国有火灼龟壳，西方用晶球、纸牌等占卜。占卜被许多工具书斥为迷信，但在实践中的应验让人类乐此不疲。

　　4. 又称"堪舆"。中国古人通过长期实践，总结出来的一种根据住宅基地、坟地周围的风向水流等形势引发的祸福的理论。风水虽然有争论，但它的应用范围越来越广。根据调查，1998 年，中国公众相信算命的人为42.5%，认为看风水有道理的比例达 51.2%，而要求限制或制止算命的公众却大大减少。美国人更对中国风水着魔，在美国，风水一词用的是汉语拼音，而不是英语，美国的三大电视网都曾对洛杉矶开发商詹姆斯请风水专家为他投资 1 亿美元建造的豪华公寓看风水做现场报道。

# 七

物质世界，万彩可为一色。

精神世界，一色可化万彩；

这个世界的许多固有体制都值得怀疑。

这个世界的许多固有观念都需要更改。

这个世界的许多桎梏枷锁都必须砸烂。

自由是必须有代价的。

20 世纪 60 年代，兰德公司的艾尔斯格伯把自己弄到的有关越战的密件交给《华盛顿邮报》和《纽约时报》公开发表，招致美国政府对两大报社的诉讼。司法部向联邦上诉法院上诉时，古尔芬法官在裁决书上这样写道："为了表达自由和民众知情的权利，一个不受压制的顽强的无处不在的新闻界必然会遇到权势方的刁难……宪法第一修订案不仅仅保护社论作者或者专栏作家的意见，宪法第一修订案保护的是信息的自由流动，从而公众可以了解政府及其作为。……没有什么比表达自由更好的安全阀了。"（游宇明《脱离新闻的自由》《杂文月刊》2007 年第 5 期）

最高法院裁定，《华盛顿邮报》和《纽约时报》胜诉。

美国政府不能轻易告倒美国媒体。美国总统如果以一个人的力量和媒体对立，就更显得力量悬殊。

有代价的自由值得我们捍卫，生命的诞生是必须流血的，流血的生命值得我们珍惜。

世界的画卷一幅幅展开：

三叶虫在水边缓缓爬行，

恐龙摇动着庞大的身躯在地上踩出一个个大坑；

类人猿在密林里嬉戏玩耍，

我们的祖先用木棒钻火，用石刀划开黑熊的胸膛；

蒸汽机冒出第一缕白烟，

原子弹炸出第一团蘑菇云；

克隆人[1]在蓝色试管中里蠕动，

第一艘载人宇宙飞船驶向银河深处。

我们以无常而有限的形体生存在婆婆[2]世界。

尤里西斯·格兰特是美国第 18 任总统。离职以后，格兰特在各地漂泊。回国以后，他认识了一个叫沃德的骗子。他们共同组建了格兰特—沃德公司，经营证券经纪业务。公司经营不善，快破产的时候，格兰特毫不知情。沃德以周转为由，骗了格兰特 15 万美元，当格兰特来到公司，才知道公司已经破产，账号里只剩 200 美元。他背上了 15 万美元的债务。

马克·吐温建议格兰特写回忆录。先预付给他 2.5 万美元的版税。

1884 年，格兰特患上了喉癌，去世前 4 天，他写完了回忆录。最后的字句是："没有我应该做的事情了，所以我此刻但愿快走。"

忘掉自己的身份，放下自己的架子，都是一种境界。

上帝，您如此大能，竟能将冰与火合而为一，拍成一块馅饼。吞下这块馅饼，您张口之劳，留下这块馅饼，您德侔日月。

上帝，当初，您动用了男人身上的第几根肋骨来造就女人？肋骨是人体之中相当脆弱的部位，我猜想您是想让女人保持脆弱，然后突降困厄，让她吃尽苦头，以便对您俯首称臣。但您万万没有想到，自然界也会发生突变。当人类经历了无数次苦难之后，铸成的竟是百折不回的性格，这是否出乎您老的预料？

从世界的正面看，世界喧闹一片，

从世界的侧面看，世界一片喧闹；

从世界的背面看，时间寂静如画。

世界是一幅画，以情感为油彩，以时间为画笔，以空间为画板，我在天地间写生。

我画泉，我画山；我画神，我画人，

我遗憾不能画声。

世界是一部曲，以情感为乐谱，以雷霆为乐器，以大地为舞台，我在大时空演奏。

我奏喜，我奏怒；我奏哀，我奏乐。

我因此没有遗憾。

图画是无声的音乐。

音乐是有声的图画。

画为静，乐为动，乐曲占了上风。

《A大调宇宙交响曲》加入了人声。

我放声高歌，倾情吟唱，

瓦釜[3]在角落里哭泣，

黄钟[4]在舞台上震响，

百鸟来和，百兽来访。

以扶桑[5]为杠杆，以五色石[6]为支点，将自西向东右行的地球轻轻撬起。星球如此脆弱，天地如此简单。

父亲在田间眺望，母亲在村头哭泣；爱人在梦中咒骂，孩子在影前企盼。

人生是天地之间最苦的差事。

2009年4月16日，《南方周末》读者来信刊登了一名叫裴向铃的南昌退休工人，给温总理寄来一份报告和一本书，转到国家信访局，信访局又退给了裴向铃本人，上面有"拒收"字样。

裴向铃这位退休工人不知道其中的原因。类似这样的情况，全国大概不是这一例。

由此我想到另一种现象，全国各地不断到北京的上访人员都要被各地政府派人接走，据说是上访行为影响了政府形象。

两会期间，许多人到北京想借两会解决问题，地方政府也有对策。从各单位抽调人员组成截访小组，到北京截访。少则十几人，多则几十人的截访小组，一直要等到两会结束，见到北京集中上访的人员就劝其返乡，不让他们给政府添乱。

现在基本形成这样一个局面，很多人到北京上访，想通过北京的清官，亲手处理地方的问题，都被大部分转到省里，省里转到地区，地区转到县里，县里转到镇里。而原本这个上访材料反映的就是镇政府的问题。让上访者经过一番材料旅行后又回到了原点，不仅没有解决问题，而且又增加了新的矛盾。上访者和被告者之间的打击报复行为，又给这个本来就复杂的社会添加杂音。

拒收上访信或让上访人回到原地，上面没有也无须告知下面的人其中的原因，但这样下去，老百姓会渐渐认识到，媒体大张旗鼓地说的官民通道是不通的。我们的一言一行，都会在老百姓的心里留下印象。

> 被荣誉毁灭的比被侮辱毁灭的多，
>
> 被成功毁灭的比被失败毁灭的多；
>
> 被财富毁灭的比被贫穷毁灭的多，
>
> 被幸福毁灭的比被痛苦毁灭的多；
>
> 被美丽毁灭的比被丑陋毁灭的多，
>
> 被安逸毁灭的比被忧患毁灭的多。

闭上眼睛不看东西，神就在我们心中，屏住呼吸不闻气味，魄就在我们肺中；不用耳朵听声音，魂就在我们肝中；不用舌头说话，精就在我们肾中；不用四肢运动，意就在我们脾中。

我独立运作我的人生，所以我无须计较别人对我的批评。

继承取决于态度，发展取决于智慧。

20世纪90年代以后，民族复兴的呼声越来越高。各地政府都在挖掘自己地盘上的文化资源。

2001年，河南省新郑市开建"华夏第一祖龙"，后被有关部门以未办理有关手续为由勒令停工。

2006年，浙江横店集团要按一比一比例仿建圆明园。

2007年，新郑建成炎黄二帝巨型塑像。

2008年，山东要投300亿元巨资建设"中华文化标志城"。

2008年11月，安徽和县宣布将投数千万元将刘禹锡任和州刺史时的住所整体扩容改变，打造新的"陋室园"。

中华民族的文化复兴不是用纳税人的钱盲目地、无计划地盖一些富丽堂皇的仿古建筑就完事了。文化复兴就是要在文化上下工夫。房子再高大，如果时不时爆出大学校长在公开场合念诗的时候不认识诗里的某个字而结巴卡壳，那是很不合适的。我们不能停留在做表面文章。

太阳能否按黄道[7]有规则地旋转，那是上帝的事情，人类能否按自己的意志做事，一定是人类自己的事情。

好莱坞有500家电影公司，80%的经典影片都在好莱坞生产。

史泰龙穷困潦倒，但他想拍电影，做一名职业演员。他从第一家应聘，到第500家时，没有一家电影公司认可他。但史泰龙没有灰心丧气，他又开始挨家应聘。第二、第三轮都碰到了百分之百的拒绝。第四轮又是很多家拒绝。

有一天，第350家答应他，愿意留下剧本看看。几天之后，史泰龙接到通知，让他去电影公司面谈。不久，史泰龙主演的自编剧本《洛奇》，从此电影界闪耀出一颗新星——史泰龙。

上帝虽然创造了人类，但希望由人类掌控。上帝也无法泯灭人类的希望。

老天造命让人穷，但不能让穷者不发奋；老天造命让人富，但不能让富者贷之修德，老天也有所不能。能者算命，智者造运；我们有10%的机遇，而90%在于我们如何反应，这就是我们的命运。

几个学生向弗洛姆请教，心态对一个人产生什么样的影响？

弗洛姆笑了笑，不说话，把学生们带到一个房间。

里面没有灯光，弗洛姆引导学生很快就穿过了这个房间。然后打开灯，他们清楚地看到房间下面有一个大水池，水池里有很多毒蛇，上面仅仅搭了一条木板，他们刚才走的就是这条木板。

弗洛姆对同学们说："你们谁还愿意再走一次吗？"

没有一个人回答。

一会儿，有三个学生决定再试一次。第一个学生上去就小心地挪动双脚，速度比第一次慢了许多。第二个学生走在小木板上，身子一直在发抖。没到一半就停住了。第三个学生弯下腰来，干脆趴在小木板上爬起来了。

弗洛姆打开电灯，仔细一看，木板下方装着一道安全网，因为网的颜色暗，刚才学生们没看出来。

弗洛姆说："想第三次过木板的举手？"

同学们没有一个举手。

毒蛇给人的心理带来威胁，人失去了平静的心态。心态对行为有直接的影响。

我和世界约定，我从九天[8]采集了81味草药，用于治疗抑郁、沮丧等给人带来的痛苦；此药对于预防得意忘形、见利忘义、飞扬跋扈等常见病亦有奇效。

能享受的时候没有条件，有条件的时候又失去了享受能力。

我们一边嚼着羊腿，一边在研究宗教，不知动物对人类作何感想？

人类发明的武器都可致人死地，却忘记了怎样避开打击。

流汗的时候，我们的生命在蒸发。

流泪的时候，我们的生命在挥发。

流血的时候，我们的生命在升华。

从野蛮到文明需要万年，从文明到野蛮只需瞬间。

上帝，种种迹象表明，灵长动物中的人类是您造物作品中的失误之作。不过，既造之，则安之。再观察一下这些人类的作为，看他们还能违反哪些规则，践踏哪些律法。你需要彻底地反思，以便对你以后的行为作出调整。

一个叫白姓的网民在博客里写道：

我有一个梦想，车站没有票贩子

我有一个梦想，办事不再送礼物

我有一个梦想，老师不再罚学生

我有一个梦想，学习不再为考试

我有一个梦想，生资价格不再涨

我有一个梦想，蓝领普工不下岗

我有一个梦想，百姓人人敢说话

我有一个梦想，官员出书众人抢

我有一个梦想，法律都能被落实

我有一个梦想，官民通道能通畅

我有一个梦想，规定死刑贪贿数

我有一个梦想，查处无须报中央

我有一个梦想，这个社会少开会

我有一个梦想，该咋样时就咋样

我正做梦，一个白胡子老头对我说："你小子琢磨了不少事儿呢，马丁·路德·金的梦想40多年了，还没真正实现呢，你认为你的梦想能实现吗？"我在梦中迷迷糊糊地说："您说呢？"白胡子老头哈哈大笑，说："俄知道，俄不告诉你。"

母亲给我们乳汁，父亲给我们慈爱；敌人给我们攻击，朋友给我们关怀。

耳朵能识别五音，眼睛能识别五行[9]，无声无形的事物要靠心灵来识别。

把圣人的话奉为经典是庸人，把庸人的话记在心上是圣人。

魔鬼说：宝贝儿，您真勇敢，在我的地盘上你还如此张狂，所靠者谁？

我说：乖乖，你太浑蛋，在人的世界里你竟如此无耻，所依者何？

上帝，您虽然创造了我们的形体，却不能限制我们的思维。人可以"观古今于须臾，抚四海于一瞬[10]"。虽然"人类一思考，上帝就发笑[11]"，但我们顾不得这些，生死苦乐都被您一手操纵，我们逃不出这个圈子，但我们却可以在有生之年，论证您留下的许多方程式，调整我们的作为。

我们一个个像飞蛾一样扑向生命的烈焰，烈焰更加汹涌，您就是这一切的操纵者。至于您是在做一种实验，还是在了却一桩心愿，我们无从知晓。不过，从这个星球生命的延续推断，您并没有对人类失望。至少，您还在观察，看他们是否有某种突变，以便调整您的造物方案。

在这里提醒上帝，千万不要把魔鬼的试诱记在我们的账上。有时，我们经不住各种诱惑，会做出许多令您伤心的事，但我们痛定之后，会思考它的主因，至少不会重蹈覆辙。

行星碰撞，恒星喷发；黑白颠倒，阴阳对调，世界上存在各种错误，上帝许诺种种饶恕。

面对您，我们的举动、思维都显得幼稚可笑，甚至可能还会引起您的种种烦恼。但是上帝，您千万别一气之下放弃了我们，关闭了地球这个界面，那样您可就犯了一个错误。包容孩子是父母的美德，没有孩子的喧闹，哪有喧闹的气氛，如果没有了我们，您也会有孤独之感。到那时，您的百科全书里还要增加诸如思念、失落、苍凉等条目。

## 徐氏定律

**1. 人**

身穿礼服的无尾猿猴。

**2. 百姓**

至今为止仍然逆来顺受，委曲求全；宁为瓦全，不为玉碎；一日三餐，忠实地传宗接代者。

**3. 上帝**

人类犯错误后忏悔时面对的那位偶像。

**4. 魔鬼**

人类犯错误后忏悔时咒骂最多的名字。

**5. 灵魂**

唯一不受外力支配的游刃于现实与虚拟世界之间的精灵。

**6. 爱情**

男女之间最强烈和最难控制的一种"化学反应"。

**7. 政策**

经常修改，不一定人人执行，但必须公布的一种规则。

**8. 法律**

由政府制定、法官操作、大众遵守，至今尚不完全公允的一种规矩。

**9. 明星**

有的刚刚脱掉开裆裤，有的刚刚断奶，有的上星期还在超市卖菜，突然在媒体上发红发紫的染头、烫头、剃头、脱衣，像不知什么动物或猛禽扭动号叫的人。

　　台湾李姓女艺人到北京演出，有记者问她，你认为谁的歌词写的好？女艺人说，岳飞写的好，让岳飞再给我写一首歌词吧。另有香港艺人答记者问，你去过浙江没有？他说："我去过杭州，但没去过浙江。"

　　对明星的奇装异服、特立独行我们不持异议，但我们要求作为公众人物的明星艺人提高一下自己的文化素养。

　　1.1938 年，德国科学家首次提出克隆哺乳动物的思想。目前，已有三个国外组织宣布进行克隆人的实验。美国肯塔基大学的扎沃斯教授正在与一位名叫提诺利的意大利专家合作，计划在两年内克隆出一个人。

　　2. 梵语 Sabā 的音译，亦译索诃，意为"堪忍"。古印度传说中包括三千大千世界的一个广大范围的世界，佛教沿用这种说法，认为现实世界充满了不堪忍受的苦难，是释迦牟尼所教化的范围。

　　3. 贱卑之物，比喻无德无才之流。屈原《卜居》："黄钟毁弃，瓦釜雷鸣。"

　　4. 高贵之物，比喻德高望重的人。中国十二律之一。古人认为，律为天地之正气，人之中声，皆由心出；律由声出，音以声生。《礼》曰：声成文为之音，音之数五，律之数六，分阴分阳。则音以宫商角徵羽分太少而为十。故音以应日，律以黄钟、太簇、姑洗、蕤宾、夷则、无射为阳，是为六律；林钟、南吕、应律、大吕、夹钟、仲吕为阴，是为六吕。

　　5. 东海中神木名。《离骚》："饮余马于咸池兮，总余辔乎扶桑。"扶桑为东夷名族的果木，即晷表，也叫表木、建木、博木、榑木，是太昊、少昊、羲和用来测太阳运行规律以及测日影在地平坐标上的位置的。此树在南美洲盖丘瓦族叫做"赛伊博"（ceibo）。

　　6. 中国神话传说中女娲为了补天而炼制的石头。《太平御览》卷八十七："昔女娲筮张幕，枚占之曰，吉。昭昭九州，日月代极，平均土均，和合四国。"

　　7. 太阳一年内在恒星间所走的视路径（从地球上看），地球的公转轨道平面与天球相交的大圆。黄道与天赤道成 23°26′ 的角，相交于春分点和秋分点，每年3月21日前后和9月23日前后太阳通过这两点。

8. 一为中天、二为羡天、三为顺天、四为更天、五为睟天、六为廓天、七为咸天、八为沈天、九为成天。又中央钧天，配角、亢、氐三星；东方苍天，配房、心、尾三星；东北变天，配箕、斗、牛三星；北方玄天，配女、虚、危三星；西北幽天，配壁、奎、娄三星；西方昊天，配胃、昴、毕三星；西南朱天，配觜、参、井三星；南方炎天，配鬼、柳、星三星；东南阳天，配张、翼、轸三星。《孙子兵法》："扬兵于九天之上，伏兵于九地之下。"九天为奇门术语，为奇门八神之一，直符、腾蛇、太阴、六合、勾陈、朱雀、九地、九天。

9. 中国古代思想家把金、木、水、火、土五种元素作为构成世界万物的基本元素，以此诠释世界万物。五行有相生、相克、相乘、反侮等特性。自战国以来，五行学说广为流行，后来被唯心主义思想家神秘化，任意在人事上比附。但其合理内涵通过天文、历数、医学、术数等的不断发展而被保留下来。

10. 陆机语。

11. 犹太谚语。

# 八

斗转星移，江山代谢，人需要掌握的知识汗牛充栋，该如何面对那一摞摞史料？

上帝，我们把对您的思念和企盼化作学习的动力，以山水为家，以自然为师，我们翻阅天地的书卷。

我们把对您的敬仰和尊崇当做创作的灵机，以造化为师，我们在天地之间作文。

帕瓦罗蒂在接受记者采访时，向记者讲述了自己经历的一件事。

一天夜里，他被旅馆隔壁房间婴儿的哭闹声吵得无法入睡，第二天还得演出，他很苦恼。

婴儿哭了 3 小时，一开始他受不了。但很快他发现，婴儿哭了那么长时间，声音一直清亮，平时自己唱一个小时，就有可能沙哑。这是为什么呢？

他意识到如果把这个问题弄清楚，对他的演艺生涯可能大有帮助。于是他仔细听孩子的哭闹声，他发觉孩子是在用丹田发声。快到声音沙哑的临界点时，孩子会很快把声音拉回来，声音又嘹亮如初。

帕瓦罗蒂用心去体会这种发声方法，成为"高音 C 之王"。

人类的很多窍门是可以通过先大解决的，不要忽视我们自己的潜能和自我调节的能力，自然就是自己和天地和谐。

魔鬼虽然不断给我们试诱，但天使也常常将真理晓喻我们，我们终于没有被诱惑。

虽然我们常常迷路，但天堂之音也常常将我们唤回，我们终于没有走向地狱。

世界自从被您训诫之后，人人都对撒旦嗤之以鼻，被冷落的魔鬼极不甘心，所以，我们在精品屋内开始看到了魔鬼的皮囊。那不过是魔鬼失败后又采取的下策，它只能蛊惑未成年人，但时间短暂，收效甚微。

上帝的大音由天使用号角吹响，它神接九天，威震八荒。

认真思考世界，世界的一切令我再三反思。

仔细推敲人生，人生的试卷使我不再皱眉。

知道者不再思虑烦恼，烦恼远离；安道者不再循规蹈矩，法度无外；得道者不再被造化左右，天地翻覆。

1882 年至 1885 年，黄遵宪出任清政府驻美国旧金山总领事期间，看到了美国式的民主选举，让黄遵宪大吃一惊，他写了一首《记事》五言长诗。其中写道：

彼党讦此党　党魁乃下流
少作无赖贼　曾闻盗人牛
又闻挟某妓　好作狭邪游
聚赌叶子戏　巧术妙窍钩
面目如鬼域　衣冠如沐猴
隐匿数不尽　汝众能知否
是谁承余窍　竟与粪佛同
颜甲十重铁　亦恐难遮羞
此党讦彼党　众口同一咻

在 19 世纪末，要让黄遵宪读懂美国式的实操民主，确实有点为难他。毕竟，我"泱泱大国"，"君君臣臣"了几千年，看到乱哄哄的两派候选人互相攻击的场面，感到可笑而不可思议，在儒家礼法里是万万使不得的。因此黄遵宪下了结论："共和政体万不能实行于今日之吾国。"

120 多年后的今天，温家宝在 2007 年两会期间，会见中外记者时说："民主不是资本主义国家的专利。"

一个海纳百川的大国心态，必将促成一个大国的崛起。

我将世界上的一切论证，发现我们所走的并非是唯一的道路，有的甚至是错误的道路，我们的许多行为都出自偶然。

宇宙大爆炸以后，偶然之间产生了太阳系，太阳系第三行星上偶然出现了生机；上帝手执末秬，偶然在这个星球上播种，人类偶然从荒蛮走向文明，不知何时，人类文明会偶然从这个星球消失，太阳系会重新归于死寂。

偶然也许不是上帝的性格，但却是世界的现实。

偶然是相当吓人的。

宇宙容纳上帝，

人心包容宇宙。

人心需要严加规范，不然，上帝的怪罪很快就会加临到人的头上。

上帝，如果我们厌倦了这个世界，您能否给我们创造一个适合我们生活的地方？如果不能，所谓"全能的主"在我们心中就大打折扣；如果能，那就拜托您老人家啦，我一定向世人疾呼：多修教堂，天天祈祷。

有一天，一觉醒来，发现我们的家园满目疮痍，面目全非，那么，始作俑者有二：

一、太阳系的小行星与地球这颗倒霉的行星相撞，强烈的碰撞使地球上的生灵都付出了代价。

二、人类之间发生了大规模的战争，核武器的使用使地壳发生了变动，我们每天祈祷的圣殿也变作一堆堆瓦砾。

第一种可能性占百分之零点五。

第二种可能性占百分之九十九点五。

达摩克利斯[1]之剑时刻高悬在我们的头顶。

我时时重温您的训诫，并以此为精神廊柱，可是，我渐渐发现，违背您训诫的人多如虫蚁，他们大多数生活在伊甸园里却不知道它的来历。人在教堂里诵经，心却在淫邪的角落里游荡。

卢沟桥事变后，北平沦陷。美国驻华武官泰勒上尉奉命调查侵华日军的番号和编号。

泰勒上尉冥思苦想，怎样完成这个任务呢？忽然，他想出了一个妙计，驾车直奔颐和园。同僚问他："这个时候怎么有心情逛公园呢？"他说，不是逛公园，而是去刺探情报。泰勒知道，日本人都有游览名胜古迹的爱好，有许多人还喜欢在上面留下签名。很快，泰勒发现，在万寿山的一尊大佛背后有三个日本人的签名和其所属师团的番号。其他佛像处也有大大小小的军官签名。根据这些资料，加以判断，泰勒拼出了侵华日军的番号。

综合智慧可以解决一般人无法解决的问题。

人心不古，于兹可见。

如果人类完成了基因工程，将其运用到医学革命，成功地将普通人的寿命延长十几倍，人类自己很快就会发现，长寿带来的社会问题比什么都令政治家头疼。到那时，很多人会因为痛苦得要死而自杀，医院由此要开设"预防自杀专科"，很多人会因为长寿得无聊而惹事生非。人们将发现，肇事者是他的爷爷的外公的二大爷，很多人会出言不逊地说，老子已经生活了九个世纪，你们这群毛孩子，你们知道当年的"泰坦尼克号[2]"游轮撞到哪座冰山上沉没的吗？你老奶奶的！

地球一日的运动可以让人观看太阳的东升西落，一月的运动可以让人观看月亮的盈亏圆缺；一年的运动可以让人领略四季的更替；万年的运动可以迎来一次冰河期[3]；亿年的运动可以使地壳发生变化；再有几十亿年的运动，太阳就变成一颗超新星，地球也就随之毁灭。

人生是一种过程，

世界是一种过程；

宇宙同样是一种过程。

世界是不能长存的，人类是不能长生的。

人类永生的愿望并不那么容易实现，人类的命运[4]必然要和星球的诞生和毁灭纠缠在一起。

上帝，若干万年以后，您若给我回复，很可能我的后代是在宇宙移民飞船上接收您的 E-mail，因为人类的争战使地球提前变成了废墟，人类不得不迁往别的适合居住的星球，伊甸园[5]也被拷进了芯片。

日月依旧，家园不存。

我们一边吃着动物的肉，穿着动物的皮，上网约会，摘花偷情，一边在嘴里念叨：不杀生不淫欲，人类不仅虚伪，而且卑鄙。

一天，齐国的中大夫夷射陪齐王饮酒，感到有些醉意，就对齐王说：

"臣去门口溜溜。过一会再过来陪皇上。"夷射提着酒壶在御花园的走廊椅上休息。

有一个看门的下人，上前恳求他说："请您把剩下的酒赐给小人喝吧。"

夷射严厉呵斥："像你这样下贱的人竟敢问我要酒喝，别做梦了!"

下人在廊柱下泼了些水。

第二天一大早，齐王路过廊柱，问看门的下人："昨天夜里，何人如此大胆，在这里小便?"

下人说："大人，昨天夜里，我只看见中大夫夷射曾在这里站了一会儿。"

齐王大怒，命人将夷射处以死刑。

任何时候，都要谨小慎微。

杀生满足上部器官的欲望，淫欲满足下部器官的欲望。

幸福的时候，我们要留心幸福是如何麻醉我们的；痛苦的时候，我们要睁大眼睛看清痛苦是什么嘴脸。

锄头可以改变土壤的结构，枪头可以改变社会的结构，笔头可以改变灵魂的结构。

朱元璋晚年残暴多疑，戕害了大批功臣。火烧"庆功楼"以后，朱元璋想起了一个人。他做的事可以瞒天下的人，但有一个人他瞒不住，那就是刘伯温。不杀刘伯温，必坏他的大事，就派人召刘伯温上朝。使臣来到青田，见刘府内灵堂高搭，哀乐阵阵，进进出出的人都穿着孝服，一打听，刘伯温在头一天就死了。使臣回京给朱元璋报告了以后，朱元璋才放了心。

有一天，朱元璋微服私访。路过一个破庙，进去一看，墙上画着一个和尚，旁边有一首诗，

大千世界正茫茫
何必收拾一袋藏
古来多少英雄辈
得道多助失道亡

朱元璋看看诗，再看看画，觉得就是自己的真实写照。叫人用纸拓下诗和画，铲去墙上的墨迹。从此，朱元璋再不杀功臣了，诗和画就是刘伯温的作品。

一个人会因为另一个人的话改变自己。

与邪恶为伍，万劫[6]不复；与真理同行，百毒不生。

苏格拉底正在给他的学生上课，学生请教他，怎样才能坚持真理？

苏格拉底让学生们坐下来，他用手拿着一个苹果，从每个学生的身边走过去，边走边说："大家集中精力，仔细闻一下空中的气味。"苏格拉底回到讲台上，说："哪位同学闻出了苹果的味道？"有位同学说："我闻到了香味。"

苏格拉底又一次走下去，慢慢地从每位学生身边走过，说："请集中精力，仔细闻闻空中的味道。"这一次，同学们又举起了手，说闻到了气味。但是，有一位同学没有举手，但他看到周围的同学都举了手，自己也跟着举起了手。

苏格拉底说："其实我手里拿的是一个假苹果。"

多数人是人云亦云，对真理的坚持需要自我树立信心，相信自己的判断。

路太坎坷时会绊倒，路太平坦时会滑倒。

人类世界反复在演绎这样的剧本：奔驰与美女的故事，窝棚与嬷母[7]的传说。

我们不能像鸟和鱼一样在空中和水里运动倒是一件幸事，不然，我们会犯更多的错误。

越来越多的动物在犯错误，要不为什么越来越多的动物被囚禁和杀死。

世界是一座巨型宫殿，我们是宫殿里的珠宝瓷玩，只可观瞻，不可摧残。

我们像玻璃樽一样不堪一击，如此脆弱的圆颅方趾[8]竟是这个世界的主宰。

在黑暗中行进，依靠心中的光明；在光明中行进，依靠视觉的稳定。

过去有很多概数，现在有很多定数，未来有很多变数。

能够穿墙凿壁、腾云驾雾的人，如果心中没有法律的缰绳，可能比普通人更快地上断头台。

如果生老病死仅仅是为了证明上帝对生命的程序设置，救世主就会在我们最羸弱的时候降临。

1948年，朱自清在抗议美国扶日政策及拒绝领取美援面粉的宣言上签名。他在日记里写道："此事每月须损失600万法币，影响家中甚大……"8月10日，朱自清病危，他吩咐家人不要买配售美粉。8月12日，朱自清在北京去世。

毛泽东曾赞扬过朱自清的英雄气概。从大局出发，如果有更多的朱自清，就会饿死更多的人。如果转变一下思路，吃美粉打日本又有什么不可以？

我们综合了所有动物的兽性和愚蠢，这就是我们不停地犯错误的原因。

世相叫我禁不住身体内部主管发笑的那根神经。

终有一天，我们会停住呼吸，这不重要，重要的是我们曾经翕张吞吐。

终有一天，我们的眼睛看不见东西，这不重要，重要的是我们曾经明察秋毫。

终有一天，我们的双腿不能站立，这不重要，重要的是我们曾经昂首挺胸。

终有一天，我们的心脏不再跳动，这不重要，重要的是我们的身体曾经流淌过热血。

终有一天，我们不再思想，这不重要，重要的是我们留下了思想的酵母。

1938年，罗蒙诺索克在德国马尔堡大学读书。有一天，校刊《德国科学》发表论文，批评大名鼎鼎的沃尔夫教授，作者就是27岁的罗蒙诺索克。

很多人议论纷纷。说罗蒙诺索克是忘恩负义的人，是不知道天有多高、地有多厚的人，是踩着老师的肩膀往上爬，爬上去又踩老师一脚，各种流言飞语一起朝向罗蒙诺索克。他没有退缩，他耐心地解释，他说："我爱老师，但我更爱真理。"

坚持真理和指出前辈的错误需要超出常人的勇气。

寒暑冷热挑战我们的生理极限，荣辱得失挑战我们的心理极限，爱恨情仇挑战我们的情感极限。

眼下，我们目睹世界；脚下，我们践行世界；手下，我们创造世界。

翻云覆雨，平动提按，推拉弹拨，全在双手；北上南下，东进西行，上浮下沉，全在双脚。

生命的机车一旦下线，要让它正常运转，必须保证机车上的所有元件不出故障。

肢体的缺损只会使我们的行动不便，灵魂的伤残才真正将我们摧残。

罗伯茨身高不足 1.58 米，体重达 66 公斤。像她这样体型的人，很难吸引别人的目光，她去美容院，美容师说，她的脸要整形是个难题。由于头骨太大，脸上的脂肪无法抽取。

有一天，罗伯茨看到了一个比自己还要肥胖矮小的女人。不小心把手杖尖戳在了椅子旁的细缝里，一下子拔不出来。等拔出来时，她自己也跌倒在地上。这件事给罗伯茨很大的震动。那个比她还要矮小肥胖的女人，在大庭广众之下丢了脸。她是个失败者。

罗伯茨不再为自己的矮小肥胖发愁，她自信了。

路易十四 1.56 米，列宁 1.64 米，斯大林 1.62 米，赫鲁晓夫 1.62 米，普京 1.70 米，加里宁 1.55 米，布哈林 1.55 米，拿破仑 1.68 米，亚历山大 1.50 米，查理 1.50 米，墨索里尼 1.60 米，希特勒 1.65 米，鲁迅 1.61 米，金正日 1.62 米，萨科齐 1.68 米，阿拉法特 1.58 米，梅德韦杰夫 1.62 米。

拿自己的缺陷制约自己，不如进入更大的舞台，回头看才发现，你不在乎自己的缺点，别人更不会在乎。别人在乎你的是，这一生你留下了什么痕迹。

当我们以刀枪作武器的时候，那是战争正在进行；当我们以笔杆作武器的时候，那是思想正在交锋。

天欲降生人材，必假地之气脉，阴阳融合，必有贤者出。

欧阳修小时候家里穷，从小没了父亲。他问妈妈："妈妈，我啥时候可以上学呀？"

妈妈说："孩子，过一段再说吧，你现在还小，过几年再上学。"

"好吧。"欧阳修嘴上答应，但心里多么希望自己能早点上学呀！

过了一段，欧阳修又问妈妈。

妈妈说："孩子，不是妈妈不让你上学，是咱家没有钱，上不起学。妈妈也能教你写字。"

欧阳修说："好啊！"

妈妈每天教欧阳修认字写字，欧阳修觉得学习很有意思。不一样的笔画连在一起就组成了不一样的字，代表不同的意思。

写字得有笔墨纸砚，但家里没有钱买，欧阳修非常懂得，怎么办？他不想妈妈再为这些问题操心。就跑到池塘边，拿起一根芦苇杆在地上写起字来。

欧阳修终于成为一名政治家、文学家。

以芦苇为笔，以大地为纸。在天地之间作文，人类的心灵是一个奇妙的精灵。其大无外，其小无内，其韧如丝不断，其刚如金不溃。未有世界早有心，宇宙毁灭心还在。

气死的量小，吓死的胆小；哄死的弱智，捧死的虚荣；甜死的嘴馋，苦死的勤奋。

云居禅师每天晚上都要去一个荒岛上打坐，几个调皮的年轻人就藏在云居禅师的必经之路上，想做个恶作剧吓唬他。云居禅师走了过来，突然，从树上垂下一双手，扣住云居禅师的头。云居禅师站立不动，把几个年轻人吓得不轻，马上把手收回。云居禅师若无其事地继续走路。

第二天，几个年轻人到云居禅师那里去，他们问云居禅师："附近经常闹鬼，大师，是不是真的？"

云居禅师说："没有闹鬼。"

"可是我们听说，有人在昨天晚上走路的时候被魔鬼按住了头。"

"那不是魔鬼。"

"为什么呢？"

"魔鬼没有那么暖和的手。"

波澜不惊需要大容量的气魄。

人生世间，刚还父亲、柔还母亲、温还司炉、饱还厨师、房还工匠、衣还裁缝、车还司机、路还交通。

说政治家都是阴谋家有点武断，但阴谋常常在政治斗争中运用可是事实。

人类匍匐在神权脚下，那是两千年以前的事情；曾经跪拜在皇权脚下，那是一百年以前的事情；在权贵面前鞠躬，可是现在的事情，人是比较缺乏自信的动物。

一年一度的拜祖、祭祖典礼越来越多。我们不怀疑发起者的初衷：传承文明，增强民族凝聚力。但由此也会引发一个担心，那个"一句顶一万句"的年代是否有卷土重来的可能？

在中国，对祖宗的祭拜由来已久，在祭拜的过程中，渐渐地，祖宗的形象就会被神化。从伏羲到黄帝，从关羽到各种门神，祖宗的言行都被后人奉为不可改动的"圭臬"。这样下去，"解放思想"就遇到一个不小的障碍。

2008 年 3 月 18 日，温家宝引用王安石的改革名言，其中一句就是"祖宗不足法"。并不是所有祖宗都"不足法"，祖宗好的东西可以"法"，祖宗不好的东西就"不足法"。我们既要放弃动不动就"打倒×××"，又要放弃"一句顶一万句"。

了解脑的无限能力，会让我们避免陷入超自然"外在力量"神秘主义的陷阱。

鸽子被关进笼子以后做出了许多动作，当它把头很滑地向右弯，再向左摆动，身子也跟着顺时针转动时，人就从空中将米撒进笼子，鸽子以为它的这个动作感动了某种神灵，当它再弯脑袋转身子时，人就再将米撒进去，很快，鸽子便将这套复杂的动作娴熟地一遍接一遍地演示，它认为这一套动作可以让它吃到"神赐"的香米。

人类迷信的心理和鸽子有什么不同？

命运之井深，意志之绳长，成功之水可取。

在自然界，所有雄性动物的形象都比雌性动物华丽壮观，在人类中间，这种情况正好相反，女人比男人妩媚好看。

过去，人类走的道路大多是黄道——黄土铺成的路。

现在，人类走的道路大多是黑道[9]——黑色的石油沥青铺成的路。

调查显示，84％的受访者认为自己生活在一个"加急时代"、"不知道为什么"、"只是在疲于奔命"。

中国古人还是聪明的，水在五行中主智，其色为黑。古代写字的墨汁全是黑色的，现代的墨汁七色齐全，智慧的含量大大降低了。

眼睛花了，是让你少看；鼻子塞了，是让你少闻；牙齿掉了，是让你少说话；耳朵聋了，是让你少打听事。

我们吃进的美味排出来竟是奇臭的粪便，足见我们脏器的肮脏。

我们是不是吃多了不该吃的东西，要不为什么越来越多的人剖腹生产？

枪支的发明让技击逐渐转变为健身，机车的发明让马匹不再承当运载工作；印刷的发明结束了手工书写的历史，电话的发明结束了鸿雁传书。

哭笑和下跪将人类和动物区别开来。

死后要么上天堂，要么下地狱，要么进入轮回，而操纵死亡的主体竟然长寿永生，你不觉得这事蹊跷？

最优秀的作品在庸俗的社会里常常被埋没，拍卖最高价的东西，不一定都是物有所值，它有时是权力和炒作的私生子。

有病不要乱投医，美丽不要乱化妆；富裕不要乱投保，健康不要乱保健。

风是巽，光是离，都是虚的东西；名是名字，声是声音，也是虚的东西。风光不能遮风避雨，名声不能止饥解渴。

洞山禅师感觉自己不久于人世，很多人都来了，连朝廷也派来了人。

洞山走出来说："我在这个世界上有一点闲名，现在我这个躯壳即将坏掉，闲名应该去除。你们谁能办这个事？"

没有一个人回答洞山的问题。

一个小和尚说："请问，和尚法号叫什么？"

小和尚的话刚一出口，便招来很多目光，有埋怨，有斥责，院子里闹闹哄哄。

洞山听了小和尚的话，笑着说："好！现在闲名除去了。"

洞山坐下，闭目合十，圆寂而去。

小和尚泪流满面。

众和尚围上来斥责小和尚，小和尚说："他是我的师父，他的法号我怎么能不知道呢？"

"那你为什么那样问师父？"

小和尚说："那样就是为了给师父除去闲名。"

一个人的肉体从生到死，仅仅几十年时间，名声就更是虚无缥缈。能够不为名所累的人，一定是参透了人生的真谛。

帝王之治有十法：一为元气治、二为自然治、三为道治、四为德治、五为仁治、六为义治、七为礼治、八为文治、九为法治、十为武治。

喜写兰、怒画竹、哀挥戈、乐歌舞、爱吟诗、恶思评、饱思淫、饿思劫、穷修道[10]、富拜仙[11]、惑生易[12]、疑生禅[13]。

动修经络立修身，坐修神意卧修灵。

凡是太能算计的聪明人，90%都有心理疾病，人生难得糊涂。

无故加之而不怒，怦然临之而不惊；宠幸近之而不喜，迤遭降之而不忧。

人在地上生，神在天上住；日日想见不相见，没有航天图。

生也终有死，死也终不顾；若是生死两明了，不问神仙路。

上面顺利统治，下面甘心接受的时候，就是昌盛的时候。

上面不好统治，下面不好忍受的时候，就是改革的时候。

上面无法统治，下面无法忍受的时候，就是革命的时候。

幼稚意味着一个人会为了自己的理想英勇地死去。

成熟意味着一个人会为了自己的理想卑贱地活着。

上天堂需要指标，下地狱没有门槛。

> 眼见世界黑暗，以心亮之；
>
> 耳听世界烦躁，以心静之；
>
> 鼻闻世界腥臭，以心滤之；
>
> 舌品世界苦涩，以心调之；
>
> 身感世界冰凉，以心温之。

心中有万丈豪情，世界有千般折磨，银河角落正在上演舞台剧——《类猿人》（第一幕）——

　　咚咚锵锵、抢抢杀杀，我是皇上、我是陛下，你是臣民，不跪干啥？奉天承运，皇帝昭曰：都来上贡，交给陛下；有钱交钱，有面交面；啥都不交，你就挨打。我是寡人，不能守寡，除了皇后，还要采花；要有美女，赶紧来嫁，叫我搜出，就要抄家。我是寡人，不许乱哗，流言蜚语，统统拿下；我是寡人，喜功贪大，珍宝美味，哈喇流下；我是寡人，我是王霸，谁敢造反，脑袋搬家……咚咚锵锵，抢抢杀杀，呼呼哈哈，哈哈哈哈……

　　日头再毒，谁能挡得住天黑？

　　身子再壮，谁能挡得住人死？

　　人类郁闷的时候总是向上帝祈祷，等到没人信上帝的时候，就轮到上帝郁闷啦。

　　植物之花在风调雨顺中绽放，智慧之花在艰难困苦中绽放。

　　"嗡"、"哞"是宫音，其色黄，波长 597～577 纳米，引领我们走向诚实和智慧。

　　"嘛"是角音，其色绿，波长 577～492 纳米，引领我们走向和平和圆满。

　　"呢"是徵音，其色红，波长 770～622 纳米，引领我们走向坚贞和勇敢。

　　"叭"是羽音，其色紫，波长 455～390 纳米，引领我们走向怜悯和寂静。

　　"咪"是商音，其色白，波长 622～597 纳米，引领我们走向纯洁和真理。

　　声源的振动频率为 1 赫兹时，和天界共振；声源的振动频率为 2～3 赫兹时，和人界共振；声源的共振频率为 4 赫兹时，和阿修罗界共振；声源的共振频率为 5～6 赫兹时，和地狱界共振；声源的共振频率为 7 赫兹时，和饿鬼界共振；声源的共振频率为 8 赫兹时，和畜生界共振。

　　有特异功能的人虽然能够呼风唤雨，但在历史上的影响，比贤哲大儒要小得多。我们的世界是按照大自然的意志在运作，人类的奇技淫巧和大自然的作品是无法相比的。

阴茎的作品在子宫，子宫的作品在世界。

人类最兴奋的运动，竟是使用身体中最肮脏的器官完成的。甚至人类自身都是从某个容易滋生病菌的器官里一个个诞生出来的，这不禁使我沉思。上帝，您制作并打开了这个潘多拉魔盒[14]，过去的、现在的、未来的人类所有的乐观心态，不管是人文的，还是哲学的，都显得天真幼稚。

人的嘴是上下两片，生殖器官是左右两片，把上下左右四片连接在一起，竟是一只口杯的素描。上帝，您是宇宙中第一位美术天才。

从人体各个部位的安排和设计以及四肢、骨骼、经络的协调来判断，上帝，您是世界上第一个工程师。

上帝，我不吃肉，不是因为我是动物保护协会的会员，我不踩虫蚁，不是因为我是什么宗教的信徒，重要的是，我尊重您的创作成果，尊重您的造物意志。请您也尊重我，尊重我的个体意志，尊重我的价值取向。

上帝让人膜拜，圣人让人崇拜，我让人看清世界。

我和上帝负有不同使命：上帝的使命是让世界诞生，我的使命是让世界繁荣。

> 天地未分之时，既没有天，又没有地，
> 上帝您在何处？
> 天地开辟以后，天比地广，地比天厚，
> 上帝何以追寻？
> 天地毁灭之时，苍天倾覆，厚地崩陷，
> 上帝您归何方？
> 我日夜在等您的回音……

徐闻帮

公元 2011 年 9 月 5 日

E-mail：Xuwenbang194959@ sina. com

博客．微博．播客：徐闻帮

1.（Damoclēs）希腊传说中叙拉古暴君狄奥尼修斯的宠臣。常说帝王多福，狄奥尼修斯请他赴宴，让他坐在自己的座位上，用一根马鬃将一把利剑悬在他头上，使狄奥尼修斯知道帝王的忧患处境。

2. 1909 年 3 月 31 日建造于北爱尔兰的哈南德·沃尔克造船厂。1911 年 5 月 31 日下水，1912 年 3 月 31 日完成。全长 269.06 米，宽 28.19 米。吃水线到甲板的高度为 18.3 米，注册吨位 46328 吨，排水量达到 660000 吨。1912 年 4 月 10 日泰坦尼克号豪华游轮从英国南安普敦出发，4 月 14 日晚 11 点 40 分在北大西洋撞上冰山，4 月 15 日凌晨 2 点 20 分沉没，1500 人葬身海底。

3. 地质历史中气候寒冷、出现大规模冰川的时期。是根据地层中的冰碛层而确定的。广义的冰河期指地质时期中的几次大冰期，周期约 10 万年；狭义的冰河期指这些大冰期中次一级的与间冰期相对的冰期，第四纪最次一级冰河期结束直到现在这一时期称为冰后期，开始于一万年前。

4. "命是一种势力，那是我们人为的力量所不能抵抗的，常常是一种机械的、物质的、无意识的势力。这种势力能管理全世界，便是人也在被管理之列。"《宗教伦理百科全书》

5. 又叫"地堂"，《圣经》中人类始祖居住的地方。《圣经·创世纪》："耶和华神在东方的伊甸园立了一个园子，把所造的人安置在那里。"

6. 梵语 kalpa 音译"劫波"的略称，意为远大时节。起源于古印度婆罗门教，认为世界经历若干万年毁灭一次，之后又重新生发，这一灭一生为一劫。1600 万年为一小劫；32 亿年为一中劫；128 亿年为一大劫。

7. 传说中的丑妇，传说为黄帝之妃，《路史后记》卷五："（黄帝）次妃嫫母，皃（貌）恶德充。"

8. 指人类，亦作方趾圆颅。《南史·陈高祖纪》："茫茫宇宙，慄慄黎元，方趾圆颅，万不遗一。"

9. 十二建星之一，建、除、满、平、定、执、破、危、成、收、开、闭。建、满、平、收、破、闭为黑道，除、危、定、执、成、开为黄道。

10. 道者，理也。一达为道路，二达为歧旁，三达为剧旁，四达为衢，五达为康，六达为庄，七达为剧骖，八达为崇期，九达为逵。道在中国有深刻的含义。《太平经》既说"道"为万物之元首，同时又讲"元气"生天地万物。《玄纲论》："道者，何也？虚无之系，造化之根，神明之本，天地之源；其大无外，其微无内。"

11. 仙的概念与黄帝相连，黄帝飞升代表中国人想要摆脱世俗的一种愿望。殷周时代已形成了始祖配天的宗教概念。先民有长生的愿望，成为原始宗教所幻想的形象，演变为道教信徒，入山修道，不食人间烟火、辟谷，以祈求成仙飞天。中国人将世界分为三个空间，天上、人间、地下。天上为天国，人间为阳间，地下为阴间。天上有神佛国、仙国，是佛、菩萨和神仙住的地方，少数功德圆满之人死后也可以在此享乐。

12. 易经。世历三古：《连山》、《归藏》、《周易》。夏以建寅之月为正月，为人统，《连山》以艮为首，艮者，人也，顺应自然，崇拜山林；商以建丑之月为正月，为地统，《归藏》以坤为首，坤者，地也。顺应自然，改造自然；周以建子之月为正月，为天统，《周易》以乾为首，乾者，天也，顺应自然，与自然互动。易更三圣：伏羲、黄帝、文王。《易经》与西方的《圣经》印度的《吠陀经》一样著名。澳大利亚国家图书馆馆长简·符乐顿认为，影响人类思想的十本书有：《奥义书》、《法句经》、《古兰经》、《圣经》，排在第一位的是《易经》。《易经》在华盛顿各大书店有15种版本，1949～1990年，《易经》的英译本再版24次。《易经》被列为群经之首，被誉为"羲经"（《诗经》为"葩经"、《书经》为载经、《礼记》为"戴经"、《春秋》为"麟经"）。《易经》通计24707字，不仅谈了天地人之道，同时把三者和谐相处、纵横捭阖的规律和方法告诉世人。1973年，德国学者申伯格发现《易经》中的64卦与生物学中的64个遗传密码严密对应。人类越来越发现，《易经》的奥秘远远没有揭示，它愈老弥坚，越发弥新。

13. 佛教"禅那"的简称，巴利语 Jhana，梵语是 Dhyana，佛教的一种修持方法。中国的禅从六祖慧能开始才真正有禅的真味。禅是脱离语言的东西，任何语言都是一种符号，对客观事物有一定的限定性，禅是让人体验事物的本原的丰富性和完整性。

14. 潘多拉（pandora）希腊神话中的第一个女人，普罗米修斯盗火给人类后，主神宙斯图谋报复，命令火神赫菲斯托斯用黏土做成了美女潘多拉。送给普罗米修斯的兄弟厄庇米修斯做妻子，潘多拉貌美性诈，偷偷打开了宙斯让她带给厄庇米修斯的一只盒子，盒内的各种疾病和罪恶一齐飞出来，只留希望在盒底，人间因此充满了各种灾祸。

　　本总星系本星系团银河系猎户臂内侧距银心3.3万光年银道北侧26光年太阳系第三行星东经113.4度，北纬34.1度。

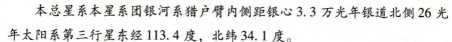

# 后　记

感谢教导过我的人
感谢帮助过我的人
感谢鼓励过我的人
感谢欣赏过我的人
感谢鞭策过我的人
感谢怀疑过我的人
感谢冷落过我的人
感谢嫉妒过我的人
感谢嗔恨过我的人
感谢诅咒过我的人

姊妹篇《上帝发来 E-mail》即将成书，不久即可面世。